EL LLIBRE MEDIÀTIC DE POLÒNIA

EL LLIBRE MEDIÀTIC DE POLÒNIA

Textos de: Toni Soler, Queco Novell, Manel Lucas, Joan Rufas, Jordi Ventura, Pau Escribano i Empar Moliner.

Edició a cura de: Jordi Ventura i Pau Escribano

cancuca

veranda.tv

Columna

3

Primera edició: març del 2007
Llibre realitzat amb llicència de Televisió de Catalunya, S.A.
Llibre basat en el programa de televisió *Polònia*, produït
per Televisió de Catalunya, S.A.

Coordinació de TVC: Elena Goixens

Edició a cura de: Jordi Ventura i Pau Escribano
Fotografies: Anna Jiménez Roig
Material gràfic addicional: Equip Polònia
Disseny i maquetació: Abuse
Coberta: Luis Ozonas

Carrer Peu de la Creu, 4 – 08001 Barcelona
ISBN: 978-84-664-0811-0
Dipòsit legal: B. 15.022-2007
Imprès i enquadernat per: Grup Balmes

www.tv3.cat/botiga
www.columnaedicions.com

ÍNDEX

Pròleg. La meva idea de la diversió, *per Empar Moliner* 7

El llarg part de Polònia 11

Qui és qui a Polònia 25

Que la ficció no espatlli una bona realitat 85

Fotografies de rodatge.. 111

Els polítics ens visiten 129

Les millors receptes 139

El bloc del Pasqui 151

Maquillatge (actors reconvertits en polítics) 165

Retalls del *Polònia* 177

Feina feta en va 185

Un tornado a Iowa 221

Bústia de correu 237

Us posem a prova 253

Res d'això seria possible 261

PRÒLEG

LA MEVA IDEA DE LA DIVERSIÓ

per Empar Moliner

De vegades he llegit un llibre o un tebeo, he sentit un disc, he vist un programa de tele o he tastat alguna cosa que m'ha agradat molt, i aleshores m'ha costat molt explicar-ho i al mateix temps me n'he mort de ganes. (Jo recordo ara quan vaig escoltar *O.K. Computer*, de Radiohead, o la primera vegada a la meva vida que vaig entrar a una cocteleria, o el dia que vaig acabar *Falconer* de John Cheever.) Doncs hi ha una pel·lícula que fa entendre aquesta sensació de plaer brutal i de col·lapse feliç a l'hora d'explicar-ho. És *La pell suau*, de François Truffaut: el protagonista és a l'habitació de l'hotel quan, finalment, la dona que li agrada accepta de tenir una cita amb ell. Aleshores, de l'alegria, l'home fa una cosa: encén tots els llums de l'habitació. El de la tauleta de nit, el general, el del lavabo... Tots. I un cop encesos, s'estira al llit i no fa res. És una escena preciosa. I si això no fos un pròleg, sinó que fos part del devedé de regal (com correspon a un malvist llibre mediàtic), jo hi sortiria estirada al llit després d'haver encès tots els llums i no diria res, però ja s'entendria que *Polònia* m'agrada molt. (I després "passaria al cobro", per fer servir una expressió maragallesca.) Però com que ho haig d'explicar, me'n vaig a veure com ho fan.

Arribo als estudis de Mediapark quan ja fa hores que preparen el programa de la setmana. M'ho miro tot. Ara posen a punt un decorat per gravar un gag protagonitzat per Joan Clos. M'entretinc remenant entre els objectes d'atrezzo amuntegats als prestatges. El llibre *El Padrino*, un B.O.E., tamborets, un altre llibre: *Los aspectos cambiantes de la España rural*, plantes, un banc, vídeos de Confidencial.cat, laca Nelly, una bandera catalana, un toro d'Osborne. Amb tot això, els de la colla del Toni Soler fan el programa. Pujo les escales i entro a la petita habitació on caracteritzen els actors. "En quin estat es troba el Clos?", sento que pregunta en Toni. "S'està vestint!", li contesta algú. A la paret hi ha un cartell enganxat. "Inventari", hi diu. I a sota, "tovalloletes, 53, clínex, 25, bastonets orelles, 25, sabó marsella coco, 8". Hi ha una noia que neteja amb alcohol una closca pelada, que deu ser d'en Carod-Rovira. A la paret també hi ha fotografies dels membres del govern i un suro on hi pengen bigotis, barbes i celles amb els noms dels personatges a qui pertanyen. "Franco nou, Franco antic, Aznar, Hitler, Macià, celles Gallardón, Rajoy nova." A la porta, un advertiment: "Prohibit assajar als vestidors".

Veure això em produeix alegria laboral aliena. *Polònia* em fa riure perquè és una barreja d'autoestima i autocrítica. *Polònia* no és òbvia, no em dóna lliçons, ni la culpa, ningú no riu dels propis acudits, no em tracten d'idiota, no són ni gruixuts ni porucs, no diuen tòpics, ni re-mar-quen les coses. Sembla fàcil fer-ho així, però no ho és. Josep Carner (un escriptor que els comissaris del gust català, sempre pendents del que és bo i no ho és, ara han determinat que és un tifa) va fer un pròleg molt important per un llibre d'humor molt important. *L'any que ve*, de Francesc Trabal, de la colla de Sabadell. Es va publicar per primer cop l'any 1925. Llegir aquest pròleg tan lúcid fa una pena molt intensa i també fa pensar que, igual que a Carner li agradava Trabal i el seu humor "suprasensible" i "secret", també li agradaria *Polònia.* Carner troba que Trabal i els de la seva colla fan "una crítica civilíssima, una causticitat reconfortant". També diu que són "ànimes selectes unides per la cordialitat jocunda, per la curiositat subtil, per l'emulació quotidiana" i que "tenen grans deures a complir". En aquest pròleg terrible, Carner es lamenta de la pitjor tara congènita dels catalans. Ens diu que els Castellans (així en majúscula) "són, cadascú, Tot-un-Cavaller". Que "els Bascs són Tot-d'una-peça", i que "els Aragonesos són Francs". Però, afegeix, "nosaltres encara som pitjors: som Obvis. La ironia en nosaltres és un instint compensador, una defensa natural contra l'elefantiasi insuportable de la nostra Obvietat". Per ell, Trabal i els seus amics són la innovació, la crítica i la maquinació contra aquesta Obvietat.

La maquilladora treu el cap pel forat de l'escala i crida: "El Clos ja està!". I l'actor, un cop maquillat, baixa les escales convertit en Clos, repartint salutacions, parlant sol i delirant, una mica com Dalí. Pel seu costat passa Montilla i s'asseu en un raconet. Carod-Rovira repassa el paper recolzat contra una paret on hi diu: "Futbol Sala a Can Caralleu. Quota, 50 euros". Que bé estar veient això.

Per mi, *Polònia* ha arribat a un punt de llibertat on no s'havia arribat mai, un haver-se tret del damunt les arnes tronades de les prevencions, un "deixem de fotre'ns de la família reial anglesa si resulta que a Espanya hi ha una bonica família reial per fotre-se'n". Els de la colla del Toni Soler s'han fotut dels convergents quan manaven els convergents, del Maragall quan manava el Maragall i del Montilla ara que mana el Montilla. Em recorden el pallasso Krusty, de la sèrie *Els Simpson*, sèrie feta pels americans (aquest poble d'infantils que mengen malament) que sempre porta uns deu anys d'avantatge a totes les altres coses que es fan al món. Quan aquí tothom s'emociona, encara, amb *El Club de la Comedia*, el pallasso Krusty fa anys que va fer un monòleg on maleïa els humoristes que fan broma de la quotidianitat, de si les dones van sempre juntes al lavabo o de si els homes no abaixen mai la tapadora del vàter. Els de *Polònia*, per mi, també estan a anys llum de tots els altres. Han arribat a l'estat beatífic d'*El Be Negre* a l'època de la República. Tenien a tothom emprenyat però tothom es comprava la revista i tothom es descollonava. Se'n fotien de la FAI, de la Lliga, d'ERC, dels murcians de La Torrassa i del senyor Vacher, que va ser el primer humà que va pintar ratlles de separació de vials als carrers de Barcelona (també va ser el que va instal·lar-hi el primer semàfor). *El Be Negre* en va fer unes burles memorables, del mateix estil que les que els de *Polònia* fan ara amb en Maragall. A mi em fa trencar de riure veure el personatge de Maragall en batí acomiadant el programa, perquè Maragall és dels personatges més còmics que ens ha donat Catalunya en els últims dos segles i mig (o tres). Durant molt de temps, els nostàlgics han dit que era una llàstima no poder fer una revista com *El Be Negre*. Doncs ara n'hi ha una. No és en paper, perquè ja se sap que això del paper va de baixa, però la fan a la tele, es diu *Polònia* i és de puta mare.

EL LLARG PART DE
PØLÒNIA

Polònia es va començar a emetre a TV3 el mes de febrer de 2006. Però com a concepte va néixer molt abans: fa més de 10 anys. Sí, sí. Alguns de vosaltres encara no us afaitàveu. El cas és que *Polònia* ja és a la graella de TV3, i tant de bo s'hi pugui estar molt de temps. Ara deixeu-me explicar com hem arribat fins aquí.

Barcelona, 1993

El 1993, l'any després dels Jocs Olímpics de Barcelona, en Manel Lucas i jo treballàvem a la secció de política d'*El Observador*. Aquest diari, creat per Lluís Prenafeta dos anys abans, estava fracassant en el seu intent d'esdevenir una alternativa filoconvergent a *La Vanguardia*. Però l'ambient a la redacció era bo. Tant a en Manel com a mi ens agradava la política, i també l'humor. I sovint ens preguntàvem si a Catalunya podria tenir èxit una paròdia política com la dels *Spitting Image* a la Gran Bretanya, o el *Guiñol* que tot just debutava al Canal Plus.

També aquell 1993 (mentre en Bruno Oro, l'Agnès Busquets o en Cesc Casanovas estudiaven a l'institut), en Queco Novell presentava l'*Informatiu Migdia* de TVE a Catalunya. També era redactor de política, i ens fèiem farts de veure'ns en rodes de premsa, mítings o plens del Parlament. En Queco tenia fama de ser un dels periodistes polítics més catxondos de Barcelona, tot i que ningú sospitava que acabaria al món de la faràndula. Tampoc ho sospitava jo mateix.

Potser aquesta idea ens va passar pel cap cert dia de juny, en plena campanya electoral per les eleccions generals (les últimes que va guanyar Felipe González). A en Queco i a mi, els nostres respectius mitjans ens van enviar a cobrir la campanya del candidat de CiU, Miquel Roca. Tots els periodistes anàvem al mateix autocar i, després de quinze dies junts, l'ambient es tornava fester (sobretot si veníem d'un míting nocturn i havíem regat el sopar amb vi i/o xupitos). Aquell dia, en Queco i jo vam muntar un petit show a la part posterior de l'autocar, dient i cantant bajanades, imitant polítics i candidats... vaja, fent un *Minoria Absoluta* sense saber-ho. La Griselda Pastor, enviada especial de la Cadena SER, ens va enregistrar d'estranquis amb la seva gravadora de mà. I al cap de poc, al programa *El Terrat* de la SER, Andreu Buenafuente va dir als seus oients: "Mireu que bé s'ho passen els periodistes que fan informació electoral, tan seriosos que semblen...". Allò, a part de tot, va servir perquè coneguéssim l'Andreu, que no és poca cosa.

Una cita per en Cuní

Recordo haver parlat amb en Queco i en Manel de com ens agradaria poder fusionar les nostres dues dèries (la política i l'humor) en un programa que parodiés la classe política catalana. Ho vèiem difícil; l'autonomia era una cosa relativament recent, els polítics catalans —tret de Pujol i Maragall— no eren gaire coneguts al carrer... i nosaltres no teníem cap contacte en ràdio ni en televisió. Però heus aquí que la meva germana Sílvia, que feia de guionista al programa matinal d'en Josep Cuní a Catalunya Ràdio, ens va dir que en Cuní volia un espai d'humor dins del seu programa. Ens vam avenir a fer una gravació de prova, sense imitacions (en Queco i en Manel no sabien que *sabien* imitar!). Em sembla que només se sentia en Queco fent de Baltasar Porcel, però només deia "Idò" tota l'estona. El que vam fer tenia la seva conya, crec recordar, però en Cuní es va inclinar per un xicot que sí que tenia traça a imitar: en Manel Fuentes. A nosaltres ens tocava esperar...

Esperar, i desesperar, perquè aquell mateix any *El Observador* va tancar portes, i en Manel, en Queco i jo vam dispersar-nos. Ens vèiem de tant en tant, però cap dels tres va tornar a treure el tema del nostre vell projecte, que va restar guardat amb naftalina fins l'any 2000.

Mentrestant, van venir anys una mica angoixants. Jo estava angoixat perquè no tenia feina fixa, i en Queco i en Manel ho estaven perquè sí que en tenien (a TVE Catalunya), però no els omplia professionalment (tot i que mataven el cuc amb especials televisius humorístics de Nadal, sota el títol *Disculpin les molèsties*). Jo vaig anar fent tombs, col·laboracions aquí i allà, vaig publicar una novel·la, i vaig passar un any sota les ordres d'en Cuní a TV3 (al magazine diari *La tarda és nostra*). Allí vaig poder provar-me com a guionista d'humor, escrivint per la Rosa Novell, que hi feia una secció d'anuncis per paraules absurds. Vaig enviar mostres de la meva feina a en Mikimoto i l'Antoni Bassas, per veure si sonava la flauta, però res de res (els inicis mai no són fàcils, joves amics que m'envieu el currículum). El 1995, però, en Buenafuente em va trucar i em va oferir feina de guionista. Jo era un oient fidel d'*El Terrat* i em va encantar la idea.

Els anys d'El Terrat

En aquells moments *El Terrat* era més un programa de culte que de masses, però l'Andreu començava a ser popular gràcies a les seves aparicions a *Persones humanes*, el programa estel·lar d'en Mikimoto. Jo vaig incorporar-m'hi per fer el guió del programa de ràdio, tot i que en aquell moment ja semblava clar que l'Andreu apuntava a TV3.

Estava feliç i content, perquè veia cada dia alguns dels meus ídols, com l'Oriol Grau, en Toni Clapés i en Fermí Fernàndez; i per fi em podia dedicar professionalment a l'humor, després de nou anys fent de periodista "seriós". És clar que als d'El Terrat no els deia gaire res la política, i jo era massa nouvingut per estirar-los cap aquella direcció. Tant me feia: el seu univers creatiu era molt divertit i suggeridor. O sigui que em vaig oblidar del somni de fer els *Spitting Image* catalans.

Vam debutar a TV3 el setembre del 95 amb *Sense Títol,* que va ser una revelació, i després amb el *Sense títol 2*, on jo ja treia el nas, mai millor dit, amb el desagradable paper de reporter malcarat i impertinent. La cosa va anar prou bé perquè el 1997 l'Andreu em proposés encapçalar un nou projecte, un magazine humorístic sobre la tele que es diria *Malalts de Tele.* Mentrestant, en Queco i en Manel continuaven a TVE, cobrint rodes de premsa i presentant avanços informatius. Ens vèiem uns pocs cops l'any, en el marc de sopars d'antic companys.

Malalts de Tele va ser un exitàs. Un exitàs col·lectiu, perquè el vam parir una mica entre tots. A mi em feia terror fer entrevistes i volia un programa senzillet, gravat, de donar pas a vídeos i poca cosa més; l'Andreu és qui va imposar que hi hagués públic i una entrevista. I crec que va ser l'Oriol qui va suggerir la idea de la família fictícia, amb la meva "esposa" —la Rosa Andreu— i el meu "cosí" —l'Albert Om. El programa —multipremiat i molt seguit per l'audiència— va anar molt bé fins a l'últim dia, cosa que en televisió no passa sovint. Amb els deguts honors, li vam fer l'eutanàsia el juny del 2000.

"MiИoria ДbsolutД"

Poc abans, el mes d'abril, van començar les emissions de RAC1, l'emissora de ràdio del grup Godó, i em van convidar a fer-hi un programa. Vaig acceptar de fer-ne un de senzillet, una petita tertúlia distesa sobre l'actualitat política, pels matins de cap de setmana. La vaig batejar així: *Minoria Absoluta.* No és que la idea captivés d'entrada els responsables de l'emissora: haurien preferit una cosa més semblant a *Malalts de Tele.* L'any 2000, cap tema no semblava més ensopit, més antihumorístic, que la política catalana. Però en aquell moment, gràcies a l'èxit de *Malalts*, jo ja tenia força per defensar el meu criteri. A més, al cap de poques setmanes, en Manel i en Queco ja havien esdevingut col·laboradors fixos en aquest programa; per fi ens havíem retrobat.

Quan va acabar *Malalts de Tele*, em vaig prendre uns mesos per pensar un nou projecte. Ara tenia l'oportunitat de fer el meu propi programa, i tenia clar que volia que fos un espai d'humor d'actualitat, que fos punyent i atrevit, i que prestés especial atenció a la política. En Carles Capdevila, que havia estat sotsdirector de *Malalts*, tenia una proposta de format, consistent a parodiar un informatiu de televisió, tant al plató com a la redacció: així va néixer *7 de notícies.*

Vaig cridar en Queco i en Manel a incorporar-s'hi; ells no van dubtar a oblidar-se de les seves feines estables per llançar-se a una aventura molt més prometedora. Set anys després, repreníem el fil...

7 de notícies era un format molt innovador; potser massa i tot. Barrejava elements de *sit-com* amb altres de paròdia d'actualitat. La gravació era feixuga com la d'una sèrie de ficció, amb l'agreujant que els guions, en fer referència a les notícies de la setmana, s'havien de fer amb poca antelació, i gravar-se sense gaire preparació. A més, en Queco, en Manel, en Carles Torras, en Josep Tomàs, jo mateix... hi fèiem d'actors, sense ser-ne. Molts inconvenients! I malgrat tot, *7 de notícies* estava ple de bones idees; va fer esclatar el personatge de Vicenç Cartanyà (el neuròtic home del temps interpretat per Xavier Bertran) i la *pija* Sònia Polanco (Rosa Boladeras). Des del punt de vista del contingut, va elevar el sostre de la crítica fins a límits poc habituals a TV3.

Al cap de 13 programes, *7 de notícies* no tenia un futur gaire clar, perquè la direcció de TV3 considerava que era un programa massa car per l'audiència que tenia (un 20% de *share* de mitjana, una xifra respectable, però que quedava lluny dels espectaculars registres de *Malalts*). Per acabar-ho d'adobar, la cadena necessitava imperiosament un nou *late show* diari, després de l'obligada suspensió de *La cosa nostra* i el final de *Fent amics.* Total, que al setembre del 2001 el setmanal *7 de notícies* es va convertir en el show diari *Set de nit.*

Els personatges de l'Albà

Volíem que el nou programa mantingués el to corrosiu del seu antecessor. La meva idea és que el meu *número dos* com a presentador fos el personatge de Vicenç Cartanyà, però no va haver-hi manera de convèncer en Xavier Bertran; deia que el personatge no tenia recorregut i va apostar en canvi pel personatge del cantautor mallorquí Biel Binimel·lis, que no va tenir ni de lluny la mateixa acceptació. A part d'això, vam decidir mantenir un breu informatiu satíric (presentat per en Queco i la Rosa Boladeras); i a més, vam apostar per entrevistar líders polítics, cosa que no havien fet els *late shows* precedents. Tot plegat demostrava molt bones intencions, i fidelitat a la nostra pròpia manera de fer, però es va demostrar que no era una bona estratègia per lluitar contra *Crónicas Marcianas,* que era molt més "show" i estava en el seu apogeu.

Però tot suma. *Set de nit* va servir perquè comencéssim a explorar la via de la imitació. En Toni Albà era amb nosaltres; en un dels seus muntatges teatrals feia un Aznar molt convincent, i un dia el va fer al programa. Li vaig encarregar altres personatges: Artur Mas —que acabava de ser elegit successor de Pujol i conseller en cap— i el rei Joan Carles; en Queco, encara poc convençut de convertir-se en actor, va començar a provar de fer en Maragall, que ja feia aparicions sovintejades a la ràdio.

Aquesta desfilada de personatges il·lustres no ens va aportar més audiència, però sí més notorietat. Especialment la imitació del Rei, que de seguida es va fer molt popular i va motivar una queixa de la Casa Reial (de fet, la Casa Reial directament no es queixava: ens traslladava les *queixes* que li arribaven de part d'espectadors catalans). Però el monarca va continuar apareixent. "Aquest és un programa sobre la realitat, hi surten totes les coses reals i totes les *cases reals*", vam dir, l'endemà que es fessin públiques les pressions de la Zarzuela.

La paròdia de l'Artur Mas, on apareixia com un robot malalt de poder i només pendent de les càmeres i els flaixos, va tenir un gran impacte, tot i que sectors de CiU s'exclamaven que "la seva tele" permetés allò, i alguns opinadors de l'àmbit socialista, per contra, ens acusaven de "donar ales" al nou candidat convergent, fent-lo més popular (com que la seva tàctica era *ningunearlo*, creien que nosaltres havíem de fer el mateix).

La veritat és que de la banda de CiU també havíem rebut comentaris o queixes per via indirecta, sobretot pels continguts del nostre informatiu satíric, on sovint es ridiculitzava la gestió del govern Pujol. Per això, sincerament, no ens va sorprendre que el programa fos eliminat de la graella de TV3 de seguida que les xifres d'audiència van començar a situar-se per sota del 15%. Hauríem pogut acabar la temporada (faltaven només un parell de mesos), però la direcció va decidir que la nostra sortida de TV3 havia de ser immediata. Tot i ser conscients que algú potser exhibia els nostres caps com a trofeu, jo no me'n vaig queixar, perquè la nostra audiència no era bona i, fent humor a la tele, si la gent et dóna l'esquena no pots reclamar gaire res.

Vam començar una llarga travessa del desert televisiu. Per sort, això ens va permetre concentrar-nos en la ràdio, fer del *Minoria Absoluta* un programa diari, cada cop més ben travat, més agosarat i més ben acceptat per la creixent audiència de RAC1. Potser sense aquelles obligades vacances televisives no seríem avui on som. Perquè, a la ràdio, vam donar forma a tot el que després acabaria essent el *Polònia.* Vam incorporar al grup en Cesc Casanovas, la Sílvia Abril, en Jaume Mallofré, en Pau Miró, en Bruno Oro... i nosaltres tres —en Queco, en Manel i jo— vam consolidar una manera d'acostar-nos a l'actualitat política, amb tot l'humor del món però sense renunciar a explicar la realitat. I disfrutant com micos, perquè ens passàvem l'estona rient, conscients que fèiem el que sempre havíem volgut fer: parlar de política i fer el bèstia, tot alhora. El *Minoria* va anar fent forat, especialment entre polítics i periodistes, i va començar a recol·lectar premis, culminant el 2006 amb el Premi Ciutat de Barcelona i el Premi Ondas al millor programa de ràdio de l'Estat.

Intents frustrats

Però no vam deixar de fer tele. Teníem la dèria de traslladar a la pantalla allò que tan bon resultat ens donava a la ràdio. Ja fora d'El Terrat, ho vam intentar primer a City TV (actualment 8tv), la cadena germana de RAC1; el programa es deia *Minoria Absoluta,* com el de la ràdio. Estava fet amb mitjans precaris i en un plató petitó, a la planta baixa de la seu del grup Godó, a la Diagonal. Gravàvem gags als despatxos dels nostres directius. Les caracteritzacions eren força *amateurs.* Tot plegat tenia un aire una mica de teatret de poble. Però era un programa amb ànima. Hi vam fer molt el bèstia. I hi van desfilar tots els polítics, resignats a aguantar o participar en les nostres pallassades. Per aquella època van néixer els personatges de Ferran Adrià, Lluís Llach, Franco... És a dir, que també va ser una etapa important per nosaltres.

El juny de 2004 vam acabar la temporada satisfets, però amb ganes de treure el nas en alguna cadena amb més projecció. Per aquelles dates, la Júlia Otero ens va trucar per oferir-nos protagonitzar un espai d'humor en el seu futur programa de nit a Televisió Espanyola. En castellà i per tot Espanya... Era qüestió de provar-ho.

El nostre pas per *Las Cerezas* ens va ser molt útil, en primer terme perquè en el càsting pertinent vam incorporar en Bruno Oro; i també perquè ens va permetre provar els esquetxos curts, que avui dia són la base de *Polònia.* A més, vam ampliar la nòmina de personatges: Zapatero, Rajoy, el Príncep, Letizia, Acebes, Bono, Llamazares, Carod... Els guions tenien un to força agosarat per una televisió pública; era el primer cop que a TVE s'hi parodiava la família reial. El PSOE i el PP hi quedaven també retratats sense miraments. La Júlia Otero va haver de suportar fortes pressions de totes bandes, i atacs furibunds per part de l'entorn mediàtic del PP.

Poc abans que s'acabés *Las Cerezas*, ens van trucar d'Antena 3. La cap de continguts, la catalana Ángeles Yagüe, ens havia seguit la pista i ens proposava fer un programa setmanal de paròdia política. Era un repte important, també internament, perquè fins ara havíem treballat a les instal·lacions de la cadena que ens acollia, mentre que ara ens calia produir el programa nosaltres, si no volíem anar a Madrid. Finalment vam optar per coproduir el programa amb Mediapro, que ens va proporcionar els mitjans tècnics necessaris; nosaltres aportàvem els actors, el guió i també l'equip de caracterització amb qui havíem treballat a *Las Cerezas.*

La tardor del 2005 va néixer *Mire Usté.* Era ja força semblant a *Polònia.* La principal diferència és que, entre els blocs de gags, hi havia un dels personatges fent de presentador en un mini-escenari amb públic. Però els esquetxos eren ja propis del *Polònia.* La llàstima és que els espectadors espanyols no semblaven gaire interessats en nosaltres. Després d'un parell de 20% de *share* molt esperançadors, el programa va començar a baixar d'audiència. I al cap d'un parell o tres de mesos (poca paciència, eh?) Antena 3 ens va dir que ens mereixíem un descans. Per sort, les xifres d'audiència a Catalunya eren molt millors, cosa que a TV3 no havia passat desapercebuda. O sigui que abans de fer maletes a Antena 3 ja estàvem donant voltes al nostre enèsim projecte... Aconseguiríem per fi fer un programa amb una audiència acceptable? (Des de *Malalts de Tele*, jo no feia més que presidir sopars de comiat de programa!)

Яetorи a TV3

La veritat és que TV3 no volia un programa de gags, que per força ha de ser curt, sinó un show amb el seu plató, el seu públic, i els seus 90 minuts de durada. Alguna cosa que ajudés a fer oblidar en Buenafuente, vaja. Però nosaltres ens vam mantenir ferms: volíem fer un programa d'esquetxos, de 25 minuts. Després de molt discutir, TV3 va acceptar la nostra proposta, a condició de tornar-ne a parlar al cap de 8 o 10 programes. Ens hi vam posar de seguida, perquè ja no havíem de començar de zero: teníem allò que els americans anomenen el *Know how.* En Carles Gené, productor executiu de *Mire Usté*, va deixar Mediapro per coproduir el nou programa, a través de VerandaTV. Vam renovar els decorats, vam disposar-nos a incorporar tot de personatges catalans que a Antena 3 no tenien sortida (Llach, Adrià, Tura, Puigcercós, Piqué, Mas, Duran, Nadal, Montilla...) i ens vam tancar en una habitació per pensar un bon nom pel programa.

El nom havia de tenir a veure amb "política" i també amb "humor" o "espectacle". En Jordi Rosell (el nostre realitzador, que sol saludar-nos amb el carinyós crit "hola, colla de freaks!") va suggerir el nom de "Vietnam". No era el que buscàvem, però a mi em va cridar l'atenció. Pels títols, sempre m'havien agradat els noms propis, o els topònims, com l'*Albània* d'en Barnils i en Vendrell a Catalunya Ràdio. Aleshores, algú va dir "Polònia". I va ser aprovat per unànime aclamació (bé, a en Queco no li agradava gaire).

El programa va començar com una tirallonga de gags, agrupats en blocs; entre bloc i bloc, per fer de lligam, vam pensar a incorporar un seguit de situacions "internes", com si mostréssim les bambolines del programa. L'últim gag de cada bloc no acabava amb el final, sinó que es veia interromput pel crit del director —jo mateix dient "talleu, és bona"— i tot seguit els actors deixaven d'actuar... però els polítics seguien sent els polítics, com si els actors fossin ells. És a dir, no són actors fent de polítics, sinó polítics fent d'actors. Política = faràndula. No sé si m'explico...

Quan es va estrenar el programa, estàvem segurs que la resposta de l'audiència seria bona; el de TV3 era el nostre públic natural. I realment va ser així, les xifres van ser molt bones i ens van permetre treballar amb tranquil·litat, renovar gradualment el programa i consolidar-lo en el seu format, ja inamovible, de mitja hora setmanal. Aquest Nadal vam poder menjar els torrons sense angoixes, sense comiats i sense lamentacions. I que duri. Ens ha costat massa arribar aquí —anys, esforç i disgustos— com per engegar-ho tot a rodar, no? Potser seria del gènere tonto...

QUI ÉS QUI
A POLÒNIA

PASQUAL MARAGALL,
Expresident ociós

ACTOR
Queco Novell

PRIMERA APARICIÓ AL PROGRAMA
16 / febrer / 2006 - Programa 1

Nº INTERVENCIONS EN GAGS
147 *

TEMPS DE CARACTERITZACIÓ
Maquillatge: 1 hora
Perruqueria: 15 minuts

LES FRASES:

"Ja he pres la decisió. No em torno a presentar. És una llàstima, perquè tenia tantes idees... Enriquir urani, per exemple."

"Aquí tens les claus de Palau i no t'oblidis de regar els tarongers, que l'any passat, l'hi vaig encarregar al Saura, i en comptes de regar-los, hi parlava i s'hi abraçava. Van acabar tots estressats."

"Ciutadans de Catalunya! El Barça ens porta un altre títol. El protagonisme és per ells, però penseu una cosa: dos anys de Tripartit, dues lligues. Ja està, vale."

* *Tots el gags han estat comptabilitzats fins al 31 de desembre de 2006.*

"Sóc afortunat perquè he aconseguit exercir la feina més alta a la qual poden aspirar els catalans: fer emprenyar Madrid, tant a socialistes com als del PP."

QUECO NOVELL diu...

És el personatge que més aprecio, perquè és el primer que vaig fer. Va ser al "Set de nit". Ja teníem l'Artur Mas, que feia l'Albà, i buscàvem un Maragall. Jo no ho tenia clar, donat el meu passat de periodista "seriós". Però com que no en trobàvem cap altre que ens fes el pes, em van posar una perruca, un bigoti, una panxeta postissa i allà va començar tot.

M'he inspirat en el seu posat mig despenjat, i sobretot en la seva veu trencada, que m'obliga a beure molta aigua. I, per tant, a anar al lavabo força sovint.

M'encanta quan diu allò de "qué cabroooons!!!".

JOSÉ MONTILLA,
Presidentu de la Yeneralitat

ACTOR
Sergi Mas

PRIMERA APARICIÓ AL PROGRAMA
02 / març / 2006 - Programa 3

Nº INTERVENCIONS EN GAGS
78

TEMPS DE CARACTERITZACIÓ
Maquillatge: 15 minuts
Perruqueria: 15 minuts

LES FRASES:

"Bona notx..."

"Soler, si aquesta dona continua en aquest programa, vostè no tornarà a treballar a TV3, Canal 33, 3/24, TVE-Catalunya, BTV, Catalunya Ràdio, ICat FM, Catalunya Música, Ràdio 4, COM Radio, Xarxa de Televisions Locals..."

MONTILLA: Aquest ninyu està malalt o algo. Li ha caigut el cos.
FOTÒGRAFA: No pateixi. És un ninot de plàstic.
MONTILLA: Ah, i com ho distingeixo?

"Insinues que sóc un inculte? Jo no tinc un avi poeta, però sóc molt lletra-cremat."

"Volem un govern que actuï nogensmenys, ple d'àdhuc, i amb fermes cabòries. I andròmines."

SERGI MAS diu:

Pel carrer hi ha gent que m'ha demanat feina. "Presi, ¡dame trabajo!"

Algunes vegades, quan gravem els gags, el cos em demana "sortir"' del personatge i estripar-lo una mica més. Però el Toni Soler sempre em recomana: "Sergi, tranquil, el president és tranquil, reflexió...".

Prego perquè el President no es deixi barba, perquè m'obligaria a deixar-me-la i em picaria molt. I també prego perquè es talli els cabells, perque si me'ls deixo com els té ell, també em piquen.

JOSEP-LLUÍS CAROD-ROVIRA, Vicepresident independent

ACTOR
Xavier Noms i Toni Albà

PRIMERA APARICIÓ AL PROGRAMA
16 / març / 2006 - Programa 1

Nº INTERVENCIONS EN GAGS
98

TEMPS DE CARACTERITZACIÓ
Maquillatge: 1 hora
Perruqueria: 20 minuts

LES FRASES:

"Ai, carai..."

"El Carod sigui amb vosaaaaaltres..."

"Hem fet una nova colla castellera: els Xiquets de l'INEM. Formada pels nostres alts càrrecs que han hagut de deixar el govern. Com que ara tenim temps lliure..."

"Companys i companyes: hi ha una proposta en ferm perquè jo foti un clau aquesta nit. Jo m'inclino pel SÍ. Però la paraula, ja ho sabeu, la teniu les bases del partit. Què hem de fer?"

XAVIER NOMS diu:

Al mercat del meu poble: "Com surten aquestes mandarines, Juani?" La Juani: "Boníssimes, reina! Són les que gasta en Ca-

rod!" (mentre jo omplo una bossa de mandarines, esbossant un somriure carodià...).

Ui, el maquillatge... Em pica el màstic del postís, em tiba la calba, aguantarà el prosike?, la botarga em fa suar... ei, algú sap si hi ha prompter? Coi d'ulleres, ho veig tot borrós! Au va, som-hi, vinga, va, va... "En Cadod sigui amb vosaltedes...!" Quan ho veig des de casa, amb una cervesa a la mà, tot sembla estar al seu lloc.

TONI ALBÀ diu:

El Carod ja l'havia fet abans amb l'Andreu Buenafuente a "Una altra cosa". El personatge ja el tenia per la mà, però amb el Queco i amb el Toni vam intentar fer-lo diferent al que ja feia.

A part de parlar amb les erres malament, és un Carod ressentit, amb mala bava, orgullós i alliçonador. Al Carod de veritat me l'he trobat més d'un cop per afinitat política, en actes reivindicatius o a la tele.

Quan ja no era conseller, me'l vaig trobar a CityTV i li vaig preguntar, "Perdona, encara ets honorable?", i em va dir: "Espero haver-ho estat sempre, d'honorable".

JOAN SAURA

Conseller R.I.P.

ACTOR
Cesc Casanovas

PRIMERA APARICIÓ AL PROGRAMA
23 / febrer / 2006 - Programa 2

Nº INTERVENCIONS EN GAGS
61

TEMPS DE CARACTERITZACIÓ
Maquillatge: 1 hora
Perruqueria: 15 minuts

LES FRASES:

"Resistència a l'autoritat? Tasta la meva porra, cabró! ¡La calle es mía!"

"A Iniciativa per Catalunya Verds i Verdes apostem per la paritat total. I per això hem decidit que el 51% de les nostres llistes siguin ocupades per dones. Un 51%, eh? És molt fort. Som la polla. Ai, vull dir, som la vulva."

CESC CASANOVAS diu:

A part de pacifista, ecologista, el veiem sempre com el bomber del Tripartit, però com que és el que sempre està al mig, acaba rebent.

Un dels recursos era la veu que té, que és molt greu. I això ho vam aprofitar per quan es posa nerviós i fa aquests greus tan exagerats "Nooooooo, si us plaaaaaaaau", que dóna vida al personatge.

Quan fèiem el programa a CityTV, vam entrevistar la Imma Mayol. Jo irrompia a mitja entrevista per dir-li que s'havia deixat les claus a casa. I ella em va rebre fent-me un petó carinyós als llavis, com faria qualsevol parella. Aquí vaig entendre que el personatge estava consolidat.

ARTUR MAS,
cap (pentinat) de l'oposició

ACTOR
Bruno Oro

PRIMERA APARICIÓ AL PROGRAMA
16 / febrer / 2006 - Programa 1

Nº INTERVENCIONS EN GAGS
86

TEMPS DE CARACTERITZACIÓ
Maquillatge: 1 hora i 15 minuts
Perruqueria: 15 min. Laca: 30 min.

LES FRASES:

"Seré el primer president guapo de la Generalitat de Catalunya."

"Segons les enquestes, estem a tocar de la majoria absoluta. I sense retocar-les!!!"

DURAN: Zapatero, t'has pensat que som imbècils?
MAS: Això, t'has pensat que els d'Unió són imbècils?

BRUNO ORO diu:

L'Artur Mas ha estat la meva imitació més soferta, un encàrrec del Toni. perquè n'havíem de tenir un i no el trobàvem.

És un clàssic exemple de "caricaturització", exagerat perquè l'original no dóna per grans recreacions... No té coses massa fà-

cils d'imitar ni té una caricatura clara, i per això havíem de trobar algun element per sortir del polític.

Per això vaig partir d'un animal per interpretar-lo: concretament el gall. I seria un gall ianqui. De Dakota.

JOSEP PIQUÉ,
masoquista

ACTOR
Xavi Serrano

PRIMERA APARICIÓ AL PROGRAMA
16 / febrer / 2006 - Programa 1

Nº INTERVENCIONS EN GAGS
26

TEMPS DE CARACTERITZACIÓ
Maquillatge: 1 hora i 15 min.
Perruqueria: 15 minuts

LES FRASES:

"El nou Estatut és un bunyol i Catalunya no es mereix aquest bunyol. Volem cafè per tothom però no volem bunyols. Aquest Estatut és un xurro i tampoc no volem xurros. Cafè sense xurros. Un Estatut baix en calories. No sé què estic dient."

"Camarades, la revolució és a punt de produir-se, i cal que la classe obrera prepari el terreny a una nova societat sense classes. (REP L'IMPACTE D'UN OU) Però què feu? Si no em faré del PP fins als anys noranta, quan guanyi l'Aznar!"

"Els del Partit Popular ens avorrirem bastant aquesta legislatura. Per això, hem de celebrar que als escons i a la tribuna s'hi hagi instal·lat la PlayStation."

ЖДVI SЄЯЯДИO diu:

Al principi em costava tant d'imitar-lo, al ser un home tan contingut, que em donava la sensació de portar a sobre un escafandre de submarinisme...

Em preocupa que a la meva vida diària se m'escapi algun "ssht"....

Hi va haver una època que el primer que mirava quan em passaven un guió del Piqué és si apareixia la paraula "ou"...

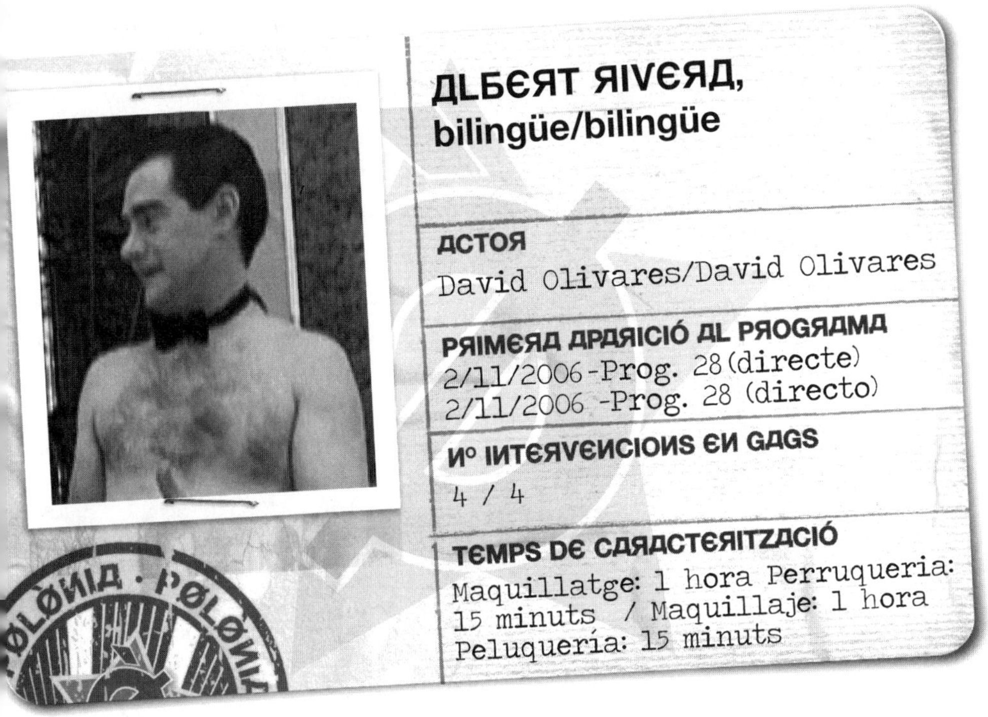

LES FRASES /LAS FRASES:

"Hablo indistintament catalán i castellà."

TONI: (MIRANT UN MAPA) Això és Catalunya.
RIVERA: ¡Ya está! ¡"Això és Catalunya." El típico provincianismo de los nacionalistas cerriles! Vámonos, compañeros.

DAVID OLIVARES diu/dice:

Parlar català i castellà alhora no és tan fàcil com sembla. Proveu-ho.

El meu vestuari per l'especial Cap d'Any: un corbatí i el cartellet de Ciutadans. No és la combinació més adient per dur el desembre.

Dues setmanes després d'aparèixer el personatge d'Albert Rivera em va aturar pel carrer una parelleta jove. Em van preguntar allò de si sortia al "Polònia" i els vaig dir que sí. I quan els anava a explicar que sobretot feia personatges anònims, em van dir: "Ets el despullat!!!" Jo confiava que vestit no em reconeixerien mai.

JOAQUIM NADAL,
Conseller, amb el benentès que...

ACTOR
Cesc Casanovas

PRIMERA APARICIÓ AL PROGRAMA
27 / abril / 2006 - Programa 11

Nº INTERVENCIONS EN GAGS
15

TEMPS DE CARACTERITZACIÓ
Maquillatge: 1 hora i 5 min.
Perruqueria: 15 minuts

LES FRASES:

"-El

govern..."

CESC CASANOVAS diu:

Al començament l'imitava seguint un tempo, una mena de compàs en forma de triangle. El cap amunt, obrint els ulls. Cap a la dreta, tancant els ulls i dubtant. I el cap avall, accelerant el discurs. Durant molt de temps, seguia sempre aquest ritme.

Nadal no parla lent perquè sí, sinó que fa pauses perquè s'atura per pensar què dirà i quina és la millor manera de dir-ho. El meu esforç és no fer pauses perquè sí, sinó intentar fer pau-

ses on el veritable Nadal s'aturaria. Crec que això és el que fa gràcia. Crec.

Recordo que el conseller Nadal havia de fer un gag amb nosaltres... aquell no havia estat un bon dia per a ell, ans el contrari, però estava compromès amb nosaltres, així que estava allà al costat del seu doble, jo... El Toni li anava dient subtilment que fos més expressiu, fins que jo li vaig acabar dient: "Que m'imitis!". Em va sortir de l'ànima.

MONTSE TURA,
Consellera de justícia amb justícia, però d'interior en l'interior

ACTRIU
Gemma Deusedes

PRIMERA APARICIÓ AL PROGRAMA
16 / febrer / 2006 - Programa 1

Nº INTERVENCIONS EN GAGS
30

TEMPS DE CARACTERITZACIÓ
Maquillatge: 1 hora
Perruqueria: 15 minuts

LES FRASES:

"Alerta general. Passem a Defcó 1."

"Déu meu! És l'aniversari del president i no li he regalat res! Em castigarà, em farà consellera de Justícia!"

GEMMA DEUSEDES diu:

El millor del personatge, els gags rotllo "Minority Report" i, com a partir dels crits de Tura (ooohhh, oohhh, ooohhh...), ha anat evolucionant la imitació fins obtenir la seva pròpia personalitat.

Un dels primers "reptes a superar" va ser aprendre a posar-me les lents de contacte. M'he passat tota la vida convençuda que seria incapaç de fer-ho. Fins que t'hi trobes, i mira, ara gairebé ja me n'he fet amiga.

Ara estic fent pràctiques de cotxe, i el professor em diu que corro massa. Potser és que no he acabat d'assimilar l'autèntica Tura.

Manuela de Madre,
socialista de... madre

ACTRIU
Lulú Palomares

PRIMERA APARICIÓ AL PROGRAMA
20 / juny / 2006 - Programa 20

Nº INTERVENCIONS EN GAGS
10

TEMPS DE CARACTERITZACIÓ
Maquillatge: 1 hora
Perruqueria: 15 minuts

LES FRASES:

FOTÒGRAF: Ehem... perdó per ficar-m'hi, però si el Montilla es posa la dentadura postissa no s'entén res del que diu.

MANUELA: Pel que ha de dir... A més, així no es noten tant els fallos de català.

CAROD: Si en Companys aixequés el cap...

MANUELA: Es fotaria un cop que no vegis, he he...

LULÚ PALOMARES diu:

Quan treballava la imitació, a més de veure vídeos, em vaig anar trobant amb molta gent que coneixia la Manuela autèntica. I tots em van dir que és una dona molt positiva i que sempre està rient. D'alguna manera he intentat incorporar aquest esperit a la imitació. Això, i el serrell que li caigui als ulls, que la original no sé si ho té, però jo ho vaig demanar quan em feien la perruca.

Am va parfecta ka la Manuela tingui aquet accent da Barsalona, amb las ès tan obertas, parquè jo també el tinc.

Tots els metges de la meva mútua són fans de "Polònia". Ho sé perquè, com que sóc hipocondríaca, vaig bastant al metge. I des que treballo al programa, tinc la sensació que em donen hora de visita molt ràpidament.

LES FRASES:

"Oh yeah, per favor, oh yeah."

"Tranquil, estava penjant el meu diploma de castellà a distància."

"Companys i companyes! En Carod té raó. Diguem-ho ben alt: en Carod es va equivocar! El nostre líder indiscutible la va cagar!!! I aquí el tenim, amb aquella dignitat! Per això tots li hem de fer costat! Perquè ho dic jo!"

CESC CASANOVAS diu:

Fa temps el vaig veure en un debat molt crispat al Congrés dels Diputats, de l'època de l'Aznar. Encara tenia cara de noi de Ripoll, que no parava de cridar: "¡Señor Aznar, por favor!".

Aquí em va començar a cridar l'atenció la seva manera d'expressar-se.

El punt de partida va ser la postura física que té d'anar amb el pit cap endavant, amb aquesta seguretat. De fet, alguna vegada que m'he hagut d'armar de valor i ànims, m'he sorprès traient el pit, igual que quan imito el Puigcercós.

Al començament jo m'havia fixat en algunes de les expressions que més repetia, com "per favó" o "espectaculà". Però a la setmana de debutar, gent d'Esquerra ens havia fet arribar altres frases típiques del Puigcercós, com: "a ningú se li escapa". I a ningú se li escapa que sí que les repeteix.

JOSEP ANTONI DURAN I LLEIDA,
algun dia serà ministre

ACTOR
Xavier Serrano

PRIMERA APARICIÓ AL PROGRAMA
16 / febrer / 2006 - Programa 1

Nº INTERVENCIONS EN GAGS
30

TEMPS DE CARACTERITZACIÓ
Maquillatge: 1 hora i 20 minuts
Perruqueria: 0 minuts (evidentment)

LES FRASES:

"A veure si superes això, Artur. Una foto meva amb Mahoma!"

SECRETÀRIA: Senyor Duran, té un paquet bastant gran.
DURAN: Gràcies, molt amable.

MAS: No tenim cap ambició per ser ministres.
DURAN: Cap ambició tampoc seria la paraula. ¡Tiembla Moratinos! ¡Voy a por lo tuyo!

MARAGALL: Duran, no sobreactuïs.
DURAN: Sóc d'Unió, saps? És la meva naturalesa.

XAVIER SERRANO diu:

Quan em posen la calba a maquillatge i em miro al mirall, de vegades penso que semblo un actor de La Fura dels Baus... Quina por!!! Crec que el personatge va arribar a la seva màxima expressió al gag en què estava sota una taula i en Mas em donava un tros de croissant com si fos un gos: és que no podia aguantar-me el riure!

Per què amb la calba del Duran suo com un condemnat i quan em posaven la del Piqué no? Misteris insondables...

JOSÉ LUÍS RODRÍGUEZ ZAPATERO, President amb talante

ACTOR
Queco Novell

PRIMERA APARICIÓ AL PROGRAMA
2 / març / 2006 - Programa 3

Nº INTERVENCIONS EN GAGS
51

TEMPS DE CARACTERITZACIÓ
Maquillatge: 1 hora
Perruquería: 15 minuts

LES FRASES:

"¡APOYARÉ AL CANDIDATO A PRESIDENT QUE APRUEBE EL PSC! ¡Por estas! ¡Esto va a misa! ¡Lo juro por Gabilondo!"

"¿Pensar las cosas dos veces? Anda, cómo no se me había ocurrido antes."

"Arnaldo, como te decía, yo, lo de Ronaldinho al Athletic no puedo prometértelo. Pide otra cosa, ¿qué sé yo? ¿Navarra? ¿Quieres Navarra?"

QUECO NOVELL diu:

Recordo que va ser un matí, dins un autobús de la línia 15 de Barcelona, escoltant per la ràdio una entrevista que li feien, quan vaig començar a entreveure la possibilitat de fer el Zapatero. Per un moment, una llum divina em va fer veure que la forma que tenia de parlar era fàcilment imitable: una veu greu i un xic nasal.

És potser el personatge més fumut dels que faig perquè difícilment exterioritza els seus sentiments. Em trobo molt més a gust fent-lo des que les coses no li surten com ell preveia (Estatut o Euskadi en són exemples). És a dir: com més se li panseix la floreta que tenia, millor (a nivell interpretatiu, és clar). És molt més agraïda la mala llet que el "talante".

TERESA FERNÁNDEZ DE LA VEGA,
Vicepresidenta amb pantalons

ACTOR
Bruno Oro

PRIMERA APARICIÓ AL PROGRAMA
23 / març / 2006 - Programa 6

Nº INTERVENCIONS EN GAGS
26

TEMPS DE CARACTERITZACIÓ
Maquillatge: 1 hora
Perruqueria: 15 minuts

LES FRASES:

"Oye, ¡pues para ser una tele autonómica no está nada mal! ¡Tiene cámaras!"

ZP: Alfonso Guerra tiene razón. Nos cepillamos el plan Ibarretxe. Nos cepillamos el Estatut. Y ahora nos hemos cepillado a Bono.
DE LA VEGA: ¡Somos los putos amos!

"¡Mandaremos tropa al Líbano y vamos a imponer el talante. ¡Aunque sea a tiros!"

BRUNO ORO diu:

És el personatge que més gràcia fa a la gent que em coneix, perquè és molt diferent de tots el que faig sempre. El personatge preferit dels meus amics és, de lluny, la De La Vega.

Quan em vesteixo d'ella, les ties diuen que tinc molt morbo....

Al principi la gent de vestuari no trobava talles de roba de noia per mi. Sempre se m'acabaven veient els pèls dels braços o de l'escot. Però jo trobava que precisament això ja feia gràcia.

JOAN CLOS,
Ministre de ~~justícia~~ d'indústria, turisme i comerç

ACTOR
Queco Novell i Cesc Casanovas

PRIMERA APARICIÓ AL PROGRAMA
16 / febrer / 2006 - Programa 1

Nº INTERVENCIONS EN GAGS
16

TEMPS DE CARACTERITZACIÓ
Maquillatge: 1 hora
Perruqueria: 15 minuts

LES FRASES:

"Avui parlem d'anar amb bici, però amb sense incivisme, és a dir: el bicivisme. Eh quina gràcia?"

"He decidit passar a l'acció en el tema del castell de Montjuïc: si el castillo no va a Mahoma, Mahoma anirà por las ramas de Úbeda."

"Prometo por mi conciencia y honor cumplir las obligaciones de Ministro de Industria, Turismo y Comercio... ¿Tengo que quedarme con los tres ministerios, o puedo escoger uno, como en los menús?"

QUECO NOVELL diu:

Joan Clos és bastant divertit de fer, perquè ell ens ajuda bastant amb aquesta manera de parlar que té de canviar l'ordre de les paraules o dir-ne d'estranyes. Això si s'agafa i s'exagera, porta a dir autèntiques animalades, amb sense aturador.

CESC CASANOVAS diu:

El Clos el vaig heretar del Queco, i sempre he tingut la sensació que em posava un traje ja fet, que potser va més llarg de mànigues o em tiba per una banda, però intento portar amb tota l'elegància que puc.

Les principals diferències són que físicament potser m'hi assemblo més, i que he intentat portar encara més lluny el caràcter que va crear el Queco.

MARIANO RAJOY,
líder popular

ACTOR
Queco Novell

PRIMERA APARICIÓ AL PROGRAMA
16 / febrer / 2006 - Programa 1

Nº INTERVENCIONS EN GAGS
49

TEMPS DE CARACTERITZACIÓ
Maquillatge: 1 hora
Perruqueria: 15 minuts

LES FRASES:

"Tengo talante, hago caso a los mariquitas y soy medio atontao... ¿Has visto? ¿Imito a Zapatero?"

RAJOY: Anda Ángel, mira, ácido bórico. Allí.
ACEBES: ¿Dónde?
RAJOY: Se lo ha creído, matarile rile rile...

"El gobierno quiere mandar a nuestra juventud a morir a la guerra del Líbano, una guerra imperialista, por eso desde el Partido Popular sólo queremos decir una cosa: all we are saying is give peace a chance."

QUECO NOVELL diu:

Si el Rajoy de debò ja és a vegades una contradicció, el fictici també. Per una banda és un personatge que permet bogeries d'interpretació. No el sabria fer sense moure la maneta i fer el "shi, shi, shi" tan característic.

No m'acostumaré mai a la barba postissa que em pica, em dificulta la vocalització i m'obliga a beure amb canyeta. A més, m'impedeix afartar-me dels croissants del càtering mentre la resta de companys ho fan.

ÁNGEL ACEBES,
hooligan

ACTOR
Bruno Oro

PRIMERA APARICIÓ AL PROGRAMA
16/febrer/2006 - Programa 1

Nº INTERVENCIONS EN GAGS
57

TEMPS DE CARACTERITZACIÓ
Maquillatge: 40 minuts
Perruqueria: 15 minuts

LES FRASES:

RAJOY: Hay que conjugar la oposición con la lealtad.
ACEBES: Mariano, o dejas de hablar en catalán, o me pierdo.

"Me olvidé un dato: Núria Feliu también es de ETA. Y Mosén Ballarín, Yuís Yach, los Estopa, Angela Merkel y el Christian de *El cor de la ciutat*. Y su novia, la Yessi. Creo que ya está todo."

"O tenemos medio millón de votos en Cataluña, que es lo que yo obtengo en Ávila con-la-pun-ta-del-nabo, o colgamos a Piqué de los pulgares."

"Be acid boric, my friend."

БЯUИO OЯO diu:

Vaig començar a imitar l'Acebes perquè ningú no ho havia fet i va ser la meva proposta al càsting amb el Toni. Després de fer-l'hi, el Toni va dir: "T'hi assembles massa, hauràs de fer-lo una mica més pujat perquè fa massa ràbia".

És el meu GRAN personatge, el que em permet catarsis esquizofrèniques impensables, i deixar anar molta crispació. L'Acebes és el nen foll i desbocat, radical, bocamoll i que provoca les baralles al pati per després escapar corrents i acusar els més pacífics a la mestra.

Un dia m'estava morrejant amb una tia i de sobte va parar en ple atac de riure. Li vaig preguntar què passava: "És que és molt fort... M'estic liant amb l'Acebes".

EDUARDO ZAPLANA,
polític més que qualificat, requalificat

ACTOR
Cesc Casanovas

PRIMERA APARICIÓ AL PROGRAMA
9 / març / 2006 - Programa 4

Nº INTERVENCIONS EN GAGS
23

TEMPS DE CARACTERITZACIÓ
Maquillatge: 1 hora i 10 min.
Perruqueria: 15 minuts

LES FRASES:

"Recuerde el lema que ha presidido mi carrera política: que no te pillen."

ZAPLANA: Toni, te lo digo de creativo a creativo.
TONI: Creatiu! Vostè?
ZAPLANA: Naturalmente, tu creas chistes y yo creo confusión, crispación y parques temáticos.
RAJOY: ¿Qué personaje ha influido más en tu carrera y pensamiento político?
ZAPLANA: No sé. Algún constructor, supongo.

"Vamos a construir una nueva isla: Mallorca, Menorca, Ibiza, Formentera, Cabrera, Conejera... y Cementera. ¡Es que ya no nos queda suelo!"

"Yo recalifico mucho, sí, però es mi metabolismo valenciano. Puedo dejarlo en cuanto quiera."

CESC CASANOVAS diu:

Em van fer arribar una cinta amb els bruts de càmera, on es veia ell entrant al Congrés dels Diputats, saludant els periodistes, fent bromes simpàtiques, però sense deixar l'actitud fatxenda. Això em va ajudar molt per treure els gestos, el caminar i l'actitud del personatge.

Quan em veig fent de Zaplana penso que no desentonaria com a secundari d'una pel·lícula del cinema espanyol dels anys 60, amb José Luis Vázquez d'actor principal.

Mentre anava evolucionant el meu personatge de Zaplana, de cop i volta hi anava incorporant el riure del Bardagí de "Lo Cartanyà", sense adonar-me'n. Evidentment, ho vaig canviar, però en un parell d'esquetxos, el Zaplana riu fent: "A-ha, a-ha, a-ha".

ESPERANZA AGUIRRE,
esperança blanca del PP

ACTRIU
Lulú Palomares

PRIMERA APARICIÓ AL PROGRAMA
13 / abril / 2006 - Programa 9

Nº INTERVENCIONS EN GAGS
10

TEMPS DE CARACTERITZACIÓ
Maquillatge: 45 minuts
Perruqueria: 15 minuts

LES FRASES:

ESPERANZA: Uy, con tanto alboroto me he roto una uña.
ACEBES: ¡Uña, Uña, Uña!
ESPERANZA: ¡Se hunde Cataluña! ¡Uña, uña, uña, se hunde Cataluña!

"A mi no se me caen los anillos por fregar un suelo. (ENSENYA UN GRAN ANELL D'OR) Anillos como éste, que vale un pastón."

LULÚ PALOMARES diu:

Té una actitud molt madrilenya, molt tensa, amb un somriure constant a la boca.

Em costa trobar-li la veu. Sembla que tingui veu nasal, però en veritat no la té tant. I és més fàcil fer-la en un míting, quan crida, que en una conversa normal. En el fons, a mi em surt una Esperanza de campanya electoral.

Esperanza Aguirre + Angel Acebes = Lina Morgan. Per un gag, l'Esperanza havia de canviar-se la perruca amb l'Acebes, i jo era la viva estampa de Lina Morgan. Jo, que sóc una gran fan d'ella, vaig acabar incorporant el número de la cama coixa al gag.

PAPA BENET XVI,
la veu cantant a l'Església

ACTOR
Queco Novell /
Roger de Gràcia / Toni Albà

PRIMERA APARICIÓ AL PROGRAMA
23 / febrer / 2006 - Programa 2

Nº INTERVENCIONS EN GAGS
21

TEMPS DE CARACTERITZACIÓ
Maquillatge: 1 hora
Perruqueria: 15 minuts

LES FRASES:

"Escandali, es un escandali!"

VITO: Ma Santetat, la Capilla Sixtina foi pintatta per Miquel Angelo il Fiorentino!!!
PAPA: Pues il nuovo estucatto lo ista pintando Miquel Angelo, il equatorianno. Molto bene di prezio.

TONI: El gag no fa ni coi de gràcia. És totalment gratuït.
PAPA: Ah, no, gratuiti no. I fai el gag cobrando, trinco trinco, si no no lo fai!

QUECO NOVELL diu:

El Papa el vaig començar a treure el dia que el van escollir. Estava planxant mentre mirava per la tele allò de "Habemus pa-

pam" al Vaticà. I recordo que mentre anava fent els colls de les camises m'anava sortint la veu i aquella cara ensenyant les dents.

TOИI ДLБД̀ diu:

Ja el tenia vist de quan era secretari del Wojtyla. El vaig començar a fer en públic mentre feia el Rei. A Buenafuente també l'havia fet però no em deixaven parlar, així que quan el Toni em va dir que ho podia fer vaig ser feliç.

Per fer-lo me l'imagino com l'avar en la pel·lícula de Luis de Funes. És com el Pantalone de la comèdia de l'art.

En un enterrament a Vilanova, quan el mossèn sortia amb el taüt, se'm va acostar i em va dir "m'agrada molt quan fas de Ratzinger". Jo sempre dic que no faig de Benet XVI sinó de Beneit XVI.

REI JOAN CARLES,
Borbó

ACTOR
Toni Albà

PRIMERA APARICIÓ AL PROGRAMA
14 / setembre / 2006 - Programa 22

Nº INTERVENCIONS EN GAGS
12

TEMPS DE CARACTERITZACIÓ
Maquillatge: 1 hora
Perruqueria: 15 minuts

LES FRASES:

PRÍNCEP: Por cierto, la actriz que hace de Sofía y lleva perilla... ¿no es Toni Soler?

REI: Pues se les ha ido la mano con la perilla.

REI: (MIRANT UNA ECOGRAFIA) Vaya... ¿Esto no es una pilila?

FELIPE: Papá, esto es su cara.

REI: ¡Por Dios! ¡Tiene la pilila en la cara! ¡El hombre elefante!

TONI ALBÀ diu:

El cap d'any de 2001-2002 el vaig passar a Menorca, i per casualitat ens vam trobar amb en Toni Soler. Estàvem fent el "Set de nit", i vam començar a parlar de quins personatges més podríem fer. El Toni em va dir: "I el Rei?". El primer que li vaig preguntar és si es diria Juan Carlos I o ens inventaríem un nom i com aniria vestit. El Toni va dir que el nom seria el seu, però que no el vestiríem de militar, sinó d'esquiador. Quan vaig arribar a TV3 ens vam trobar un vestit de capità general i el Toni sorprès va dir "Hòstia! És igual, fem-ho!".

És la cirereta de les meves imitacions, i he fet molts espectacles amb ell: Bufons del regne, Audiència Irreal, Protocol per a Camaleons i un munt de pregons de festa major.

PRÍNCEP FELIP,
successor

ACTOR
Queco Novell

PRIMERA APARICIÓ AL PROGRAMA
2 / març / 2006 - Programa 3

Nº INTERVENCIONS EN GAGS
27

TEMPS DE CARACTERITZACIÓ
Maquillatge: 1 hora i 5 min.
Perruqueria: 15 minuts

LES FRASES:

FELIPE: ¿Quieres tomar la última copa en mi apartamento?
LETI: Eeeh... ¿no crees que vas demasiado deprisa?
FELIPE: Ah, vale. Quieeeeee reeeeeeees toooooo maaaaar laaaaaaa úuuul...

OKUPA: Nunca compramos viviendas. Las okupamos. Sin hipoteca ni nada.
FELIPE: ¡Vaya! ¡Qué casualidad! ¡Nosotros tampoco!
OKUPA: Nunca pagamos cuando viajamos en el metro.
FELIPE: ¡Anda, igual que nosotros!
OKUPA: Y estamos a favor del mestizaje.
FELIPE: ¡Mi jardinero es bieloruso!
OKUPA: ¿Te gusta Manu Chao?

FELIPE: (CANTANT) "Me gustan los aviones, me gustas tú".

"Señor embajador, se lo diré muy clarito. O me monta usted este mueble zapatero que he comprado en el IKEA o España le declara la guerra a Suecia esta misma tarde."

QUECO NOVELL diu:

El trio format pel Rei, el Príncep i la Letizia ha esdevingut un trio de pallassos tradicional. Ella fa de pallasso blanc, el que renya els altres, mentre que pare i fill són els dos pallassos que fan bretolades i només els falta que es tirin pastissos a la cara. És un dels personatges agraïts gràcies, també, al que li fan dir els guionistes del programa.

Tenia un oncle (el tiet Cinto) que quan jo era jovenet sempre em deia que m'assemblava al Príncep. Ara, sempre que el faig, penso en el seu sentit premonitori de les coses.

LES FRASES:

LETIZIA: ¡Felipe, Felipe, tengo un antojo!
FELIPE: Dime, cariño, ¿qué quieres?
LETIZIA: Pues quiero... mmmm... Murcia.

FELIPE: Por lo que se ve, en Cataluña persiguen al castellano...
LETIZIA: Bueno, tú eres castellano, pero yo soy asturiana, a mi plim.

Durant la primera cita:
FELIPE: Me he puesto un clavel en el ojal por si no te acordabas de mi cara...
LETIZIA: Claro que me acuerdo. Si salías en los billetes de 5.000.

AGNÈS BUSQUETS diu:

La Letizia va néixer directament per un encàrrec del Toni, començava el "Mire Usté" i necessitava una Princesa amb urgència. I quan un vol una princesa aquí estic jo!".

S'ha de dir que al principi no tenia molt on aferrar-me a l'hora de fer una imitació. Però cada cop m'hi he anat trobant més bé, i li he anat perdent més el respecte en el bon sentit de l'expressió.

Amb un fons de dona moderna-aristocràtica i algun rampell histèric cada cop l'hem anat agamberrant més, fins al punt que juntament amb el Felipe i el Rei s'han convertit en un perfecte trio de pallassos, ells dos Augustos i ella el Blanc.

Pegues: Si n'hem d'anomenar alguna... les lentilles i la perruca. Avantatges: Encara sort que Don Felipe no va preferir l'Urdaci...

FERRAN ADRIÀ,
cuiner superstar

ACTOR
Cesc Casanovas

PRIMERA APARICIÓ AL PROGRAMA
16 / febrer / 2006 - Programa 1

Nº INTERVENCIONS EN GAGS
49

TEMPS DE CARACTERITZACIÓ
Maquillatge: 1 hora
Perruqueria: 20 minuts

LES FRASES:

"Un pensament de ketchup perquè no quedi hoho... hoho... sssssoso..."

"Sóc el millor cuiner del món! I ella és la no-està-mal cuinera del món Carme Ruscalleda."

"Per fer un 'pâté de foie d'ànec lacat' el primer que necessitarem serà un diccionari francès-català per saber què carai vol dir 'pâté de foie'."

"Després de menjar al Bulli, espereu tres hores abans de tirarvos a l'aigua. Que si teniu un tall de digestió, són 10.000 euros tirats."

CESC CASANOVAS diu:

Un dia vaig veure el Ferran Adrià per la tele i vaig quedar meravellat per la seva manera de parlar, tan nerviosa. Un paio que s'intentava expressar, i malgrat entortolligar-se, aconseguia arribar. Això em va fascinar.

Fem la paròdia del geni, que fins i tot té aquesta estètica de boig. Això ens dóna peu a fer els plats impossibles, perquè té molta llibertat creadora.

Una vegada anava pel Raval amb una amiga i em vaig trobar amb el veritable Ferran Adrià avançant cap a nosaltres. Jo només havia coincidit amb ell un parell de cops a la ràdio, així que no sabia com rebria el fenomen de "Polònia". Ell va deixar anar de cop i volta tota una xerrameca de la qual no vaig entendre res. A poc a poc ens vam anar relaxant i em va presentar el seu germà, que l'acompanyava portant les bosses, i va donar "records a la família" referint-se a tot l'equip.

CARME RUSCALLEDA,
cuinera amb caràcter

ACTRIU
AGNÈS BUSQUETS

PRIMERA APARICIÓ AL PROGRAMA
18 / maig / 2006 - Programa 14

Nº INTERVENCIONS EN GAGS
15

TEMPS DE CARACTERITZACIÓ
Maquillatge: 1 hora
Perruqueria: 15 minuts

LES FRASES:

"Ai caram xica mica camacurta i ballarica de quins set sous ala bambalí que ja sóc aquí baliga-balaga i eixerida com un pèsol, xim-pum!"

"Com diuen a Sant Pol: 'Qui no cuini amb devoció, que li rebenti un pulmó'."

AGNÈS BUSQUETS diu:

Va ser una iniciativa pròpia. L'havia estat fent a la ràdio, i veia que tenia molt joc, i que era un personatge molt proper, i familiar.

Val a dir que com a dona, és una reivindicació amb majúscules. En un programa on la majoria, tant en la realitat com en la ficció, són homes, no és fàcil trobar llocs importants per a les dones. I la Carme Ruscalleda en la vida real se n'ha fet un, de lloc, i gràcies als seus mèrits. I si a "Polònia" hi ha un Adrià, per què no una Ruscalleda?

Tot i que a nivell de caracterització és un suplici (he de dur "calota" i una mena de celo als ulls —el Xavi Serrano diu que semblo una mena de pumuki de fira), a l'hora de gravar és tot un gaudi i una xerinola, com diria ella. És el més clown de tots, amb aquell punt "acubanat" que permet improvisar molt i afegir coses de collita pròpia.

LLUÍS LLACH,
cantautor que es retira

ACTOR
Manel Lucas

PRIMERA APARICIÓ AL PROGRAMA
16 / febrer / 2006 - Programa 1

Nº INTERVENCIONS EN GAGS
16

TEMPS DE CARACTERITZACIÓ
Treure's les ulleres: 2 segons
Posar-se el gorro de llana: 2 segons
Posar-se la bufanda: 2 segons

LES FRASES :

"No pas, jo votaré no pas."

LLACH: Hi ha gent que pot sentir-se orgullosa per no haver-se venut mai a Espanya...
MARAGALL: Com el Mas!
LLACH: Bé, jo pensava en el Serrat.

"Quelcom es mou en l'ànima / Quan un amic fot el camp / Dedeiero deiero dedeieroooo."

MANEL LUCAS diu:

En Lluís Llach és un personatge que imito des de l'admiració que li tinc com a cantant. De petit, ja l'imitava a casa. Té una paròdia molt senzilla, que és la del cantautor que pontifica, i que parla més que no canta.

La seva retirada, que hem explotat sovint al "Polònia", fa difícil d'altra banda la seva presència en el futur. Però ningú no diu que no li puguem trobar una ocupació alternativa.

LES FRASES :

"Si ya estás harta de la dieta de la alcachofa, de la dieta del pomelo y demás mariconadas comunistas, pásate a la dieta con más de 40 años de experiencia: El RÉGIMEN DE FRANCO."

"Lo único que me gusta es que le llaman la tele del futuro, y en la mitad se pasan el día metiendo programas antiguos. Parece, ¿qué le diré?, como cuando el PP anuncia que se va a renovar."

"(ENFADAT AMB HITLER) ¿Ah sí? ¡Pues ahora no participo en la Guerra Mundial! En la segunda, ¿eh?"

"Me dicen que en Cataluña va a ser presidente uno que ha tenido muy pocos votos. Bueno, yo no tuve ninguno, y aguanté lo que aguanté."

MANEL LUCAS diu:

Imitar el Franco és una "marcianada", una transgressió que ens entusiasma.

Convertir un dictador assassí en un pallasso és una venjança pòstuma que pot resultar molt saludable. A més, el personatge serveix també per denunciar tics franquistes que, massa sovint, continuen apareixent a la política espanyola.

Caracteritzar-me de Franco és una feina difícil que suposa un gràn mèrit per part de les maquilladores —l'Helena, la Marta i la Míriam—, perquè jo no m'hi assemblo gens. Des de cap punt de vista.

MÒNICA TERRIBAS,
periodista nit i dia

ACTRIU
Agnès Busquets

PRIMERA APARICIÓ AL PROGRAMA
23/ març / 2006 - Programa 6

Nº INTERVENCIONS EN GAGS
23 (19+4)

TEMPS DE CARACTERITZACIÓ
Maquillatge: 1 hora
Perruqueria: 15 minuts

LES FRASES :

"Avui parlarem de l'Estatut. Per què? Perquè és un tema important. Per què és important? Perquè afecta la nostra vida. Per què? O encara més: Per què pregunto per què? Perquè vull aclarir-ho tot. Què vol dir tot? PROU!!!"

AGNÈS BUSQUETS diu:

Per què la Terribas? Perquè és evident que és un personatge clau en el panorama polític actual. Per què? Perquè podia donar molt joc al programa. Per què? Doncs perquè els vaig ensenyar la imitació al Toni i al Queco i la van comprar de seguida.

Tot i que el primer dia que la vaig gravar estava a 39 de febre, és de tots tres personatges el que sento més meu. Ningú no l'havia fet abans (que jo sàpiga) i n'estic molt contenta. Em consta que la Mònica de veritat n'està molt orgullosa. Ei! Que m'ho ha dit ella, que no és cap farol!

A nivell de caracterització crec que és la que dóna més el pego, i això que ha costat trobar-li el pentinat. Des d'aquí li demano a la Mònica i a la seva estilista que parin JA de canviar de tall de cabells!!!

LES FRASES :

"Tens ja el teu compte taronja?"

"Bona nit. O, com dirien a Austràlia, bon dia."

"I acabem l'informatiu recordant les notícies més importants. Ah, sí... ja les recordo. Bona nit a tothom."

"Des del Polonews ens volem fer ressò d'una causa solidària, ària, ària... Ja ens n'hem fet ressò."

"Repassem ara els articles més destacats de la premsa: el, la, els, les. Ah, i els indefinits: un, una, uns, unes."

"La següent notícia admet múltiples lectures. Baixa l'atur. Baixa l'atur. Baixa l'atur. Baixa l'atur."

БЯUИO OЯO diu:

Ja feia temps que li demanava al Toni de fer el Matías Prats, però ell sempre em deia que no, perquè era d'Antena 3. Fins que al principi de la segona temporada em va proposar de fer-lo, però en català.

És un excel·lent antídot contra la monotonia del dia a dia. Fins i tot l'acte més avorrit es torna apassionant si es narra amb la seva veu: "Bruno Oro amaneció decidido a lavarse... los dientes".

Per fer-lo parlar català vaig pensar en ell com un pijo de l'Eixample, ja que el Matías Prats és un pijo madrileny.

Quan la gent recorda el personatge, molts cops el recorda parlant castellà. No li veuen la diferència, no se n'adonen, no es fixen en l'idioma, sinó que marca més l'actitud i la manera de parlar.

PØLØNEWS
PØLØNEWS
QUE LA FICCIÓ
NO ESPATLLI UNA
BONA REALITAT

Fer humor sobre l'actualitat comporta una doble complicació. Per una banda, has de treballar en un camp força limitat: el de les notícies. Concretament, les notícies de ressò més ampli.

A més, l'actualitat és una matèria que va canviant constantment. Si vols seguir-la, has d'estar en alerta permanent, *enganxat* a les fonts d'informació. Que cada cop són més i més diverses. I no només per repetir-les i comentar-les, sinó per pensar com explicar-les de manera que facin gràcia. L'humor pot ser frívol, però no fàcil.

Polònia, a més, és un programa setmanal. Això, que d'una banda et permet reflexionar més i tractar amb més cura cada broma i cada gag, té per contra un inconvenient important: l'estructura de guió i de gravacions és menys flexible que en un programa diari, o fins i tot un que es fes en directe. Això significa que els imprevistos resulten més difícils de solucionar.

I com que aquest programa ha nascut en una època en què els imprevistos a l'actualitat i a la política catalana eren a l'ordre del dia, la història interna del programa està plena d'ensurts i complicacions, que ens han posat sovint a prova. I ens n'hem sortit com millor hem sabut. Aquí en teniu uns quants exemples.

El primer ensurt d'en Maragall

El 20 d'abril de 2006 ens vam aixecar amb la notícia que Pasqual Maragall havia decidit un canvi de Govern. Feia sis mesos que hi pensava. A l'octubre ho havia intentat i els lí-

LA VANGUARDIA

Número 44.715 1 euro

JUEVES, 20 DE ABRIL DE 2006 Fundada en 1881 por don Carlos y don Bartolomé Godó

Maragall ultima un cambio de Govern que afecta a seis consellers

▶ Peligran Siurana, Rañé y

▶ El tripartito acepta pero Esquerra e Iniciativa

▶ Mascarell, Wiliams y Valls son los candidatos firmes del PSC • páginas 13 y 14

ders dels partits del Govern, especialment el PSC, s'hi havien negat en rodó. Al final, ho va aconseguir. A mitjanit del 19 va treure una nota anunciant la remodelació.

I direu, i què? Doncs res, si no fos perquè el 20 d'abril era... dijous. És a dir, dia de *Polònia*. El programa que s'havia d'emetre al vespre estava ben empaquetadet, amb llaç i tot, a punt de solfa.

Però no podíem sortir a l'aire sense parlar del canvi de Govern. Què es podia fer? El més factible, i el més eficaç, era enregistrar un missatge del president de la Generalitat. Faltava un guió, un actor —en Queco—, càmera, maquillatge... i un escenari. Dijous no podíem disposar del plató habitual (el tenim llogat dilluns i dimarts).

Aquí és on hem d'agrair la generositat de RAC1, la ràdio on cada dia de cada dia fem el *Minoria Absoluta*. Vam demanar al director, Eugeni Sallent, el seu despatx. Ens va dir que sí des del primer moment, tot i saber que en Maragall no comentaria en cap moment: "Ei, sóc al despatx del director de RAC1".

A més a més, calia habilitar algun racó de la ràdio per maquillar el Queco. També aquí la resposta va ser afirmativa. Quina sort! Total, a les dues del migdia, just acabat el *Minoria*, la maquinària es va posar en marxa. I va sortir. És més, encara ens vam permetre el luxe de fer un gag previ, amb en Toni esbroncant Maragall per haver fet el canvi de Govern un dia de *Polònia*.

El president, passant de tot, explicava que la remodelació "ha sigut més difícil que un sudoku dels *avanzados.* (...) A mitjanit, hi ha hagut un moment que la Mieras era president de la Generalitat i jo conseller d'Agricultura". Quan el gag va estar enregistrat, i incorporat al programa d'aquell vespre, vam poder respirar. *Prueba superada.* Però en vindrien d'altres.

Єmergèиcia! ЄЯC vota ИO, i eи Maragall està empreиyat

El cap de setmana del 6 i 7 de maig de 2006 la política catalana estava molt agitada. Esquerra acabava de decidir que votaria en contra de l'Estatut —i en contra de la voluntat

LA VANGUARDIA
SÁBADO, 6 DE MAYO DE 2006 / N.º 44.731
Fundada en 1881 por don Carlos y don Bartolomé Godó
1 euro (con libro, 8,95 € + vale / con enciclopedia, 11,95 € + vale)

El no de ERC reabre todas las incertidumbres políticas

▶ El PSC se cree traicionado y convoca una ejecutiva ante
▶ Sectores de ERC e ICV
▶ El Gobierno

de la majoria dels seus dirigents—, i Pasqual Maragall no s'ho havia pres gaire bé. Hi havia molta remor, i semblava que la posició d'ERC dins del Consell Executiu era incomodíssima: home, votar en contra del principal projecte impulsat des del Govern i quedar-s'hi sonava estrany.

Sonaven veus que anunciaven la fi del Tripartit.

En aquell moment, però, la planificació de gravacions per al *Polònia* de dijous dia 11 estava tancada i ben tancada. Dilluns a les tres de la tarda tota la maquinària ja estava en dansa, i semblava difícil poder-hi incorporar cap modificació sense causar un daltabaix.

Política

La posició de CiU en la crisi del 18-J La federació comunica a Zapatero que si no es convoquen ara les eleccions es desentén del referèndum

La marxa del procés de pau a Euskadi Otegi adverteix al PSOE que no s'està rendint amb les declaracions a l'AVUI sobre errors respecte de les víctimes

Maragall avançarà eleccions però dubta si manté Esquerra

FINAL DE LEGISLATURA El PSC vol que el president faci fora ara els consellers republicans i ERC aposta per continuar fins al darrer moment **CALENDARI** El govern dóna per fet que els comicis seran aquesta tardor

EL NOU AUTOGOVERN

M. Lasalas / C. Palomar

Maragall agraeix la feina als consellers i ha de matisar que "no és un comiat"

Pasqual Maragall ...

Però el que estava passant era massa gros perquè nosaltres sortíssim quatre dies més tard sense fer-hi cap referència.

En una reunió urgent de guió —una mena de gabinet de crisi—, dilluns a la tarda, vam pensar tres gags que salvaven la situació.

El primer, i potser un dels que més ressò han tingut, mostrava els líders del Tripartit a punt de fer-se l'harakiri. Al final, però, l'únic que s'acabava clavant l'espasa era en Joan Saura —o sigui, l'únic suïcida *de debò*. En Maragall i en Carod s'embrancaven en una discussió, i s'oblidaven del sacrifici ritual.

En Toni cridava "talleu!", i darrere d'ell apareixia José Montilla amb un guió a les mans, queixant-se que no hi havia hagut harakiri triple. El dirigent socialista mantenia aquesta conversa amb Pasqual Maragall:

MARAGALL:
Ei, ja he fet fora els d'Esquerra, però, una pregunta: si jo em suïcido, com em presento a les eleccions?

MONTILLA:
(Posa cara de pòquer i no respon)

MARAGALL:
Qué cabrón! M'esteu fent el llit, oi? Doncs al Zapatero vas.

MONTILLA:
El Zapatero és qui ha escrit el guió.

El segon gag decidit en aquella reunió d'emergència era el que presentava Zapatero i Artur Mas en un banc, amb les mans agafades i planificant com dos enamorats un futur en

AVUI
DIJOUS, 11 DE MAIG DEL 2006

Política

La reacció del partit de Carod a la crisi

ERC adverteix el PSC que la seva sortida del govern fa gairebé inviable repetir acords la pròxima legislatura

Com queda l'executiu fins a les eleccions

assumiran les carteres que deixen els republicans i Castells pot ser el relleu de Bargalló

Maragall expulsarà avui ERC amb l'Estatut aprovat al Senat

REUNIONS El president es veu amb Zapatero i Montilla en ple debat a la cambra alta **ELECCIONS** La ruptura del govern tripartit comporta l'anunci de comicis anticipats **MONCLOA** Alleujament tot i la preocupació pel 18-J

EL NOU AUTOGOVERN

C. Palomar / M. Oliva
BARCELONA / MADRID

D'acord amb les directrius marcades per la direcció del PSC, Pasqual Maragall farà efectiva avui, si no hi ha cap sorpresa de darrera hora, l'expulsió dels consellers

comú. Després de la reunió del 21 de gener a la Moncloa, quan havien pactat la versió B de l'Estatut, semblaven de debò una parella de nuvis.

El president espanyol havia fet el salt a Maragall i a Carod, i havia acabat anant-se'n al llit amb el nacionalisme conservador, com tants altres cops. De fet, al final del gag, Zapatero i Mas decidien anunciar el seu prometatge als pares, és a dir, a Felipe González i Jordi Pujol, que havien d'estar orgullosos d'ells.

Per acabar de posar la cirereta a aquest panorama, en aquell gabinet de crisi vam acordar encara un tercer gag. Era un discurs de Pasqual Maragall que començava així: "Catalanes i catalans, com heu vist en els telenotícies, m'he fet petar els d'Esquerra." Aquest discurs, com dèiem, està enregistrat el dia 9 de maig. Maragall no va expulsar ERC del govern fins a l'11, dijous. Per sort, vam saber el que passaria amb prou antel·lació. Tot i que, tractant-se de Maragall, qualsevol previsió és una temeritat.

Яobatori premoиitori (rodolí!)

En un dels primers programes, el 30 de març, vam incloure un esquetx en què un lladre robava una bossa de la marca Tous, i la consellera Montserrat Tura s'encarregava personalment de detenir-lo al crit de: "On es roba una bossa, sempre hi ha una mossa". La sorpresa arribava quan la propietària de la bossa era la mateixa consellera. Els mossos que l'havien ajudada, i el lladre, acabaven partint-se de riure de veure la Tura amb un producte de la marca dels ossets.

Aquest gag va ser premonitori. Gairebé dos mesos més

EN LAS VIVIENDAS » *Un asalto frustrado*

Un hilo para tirar de la madeja

ciudadanos rumanos en Alpicat, mientras que ladrones silenciosos logran su objetivo en cuatro casas

PILLADOS EN PLENA FAENA. Los dos ciudadanos rumanos fueron detenidos cuan... habían penetrado en el chalet de la fotografía por mossos que patrullaban cerca

Robo en el despacho del conseller Valls

Unos ladrones irrumpieron la madrugada de ayer en el Departament de Treball, en la calle Sepúlveda de Barcelona. Entraron desde de la azotea y entre las dependencias que recorrieron se encontraba el despacho del conseller Jordi Valls. De esa estancia concreta se llevaron, al menos, un ordenador portátil, según fuentes cercanas al Govern. Los tres intrusos, que se llevaron otro ordenador y un televisor de plasma de 42 pulgadas...

tard, el 24 de maig, uns lladres van entrar a robar al despatx del conseller de Treball, Jordi Valls. Es van endur, no una bossa de Tous, sinó un ordinador portàtil. Ningú no ens va acusar d'incitar els ciutadans a delinquir. Sort que a Catalunya no hi ha aquells advocats americans especialitzats en denúncies d'aquesta mena.

Per cert, algú es deu estar preguntant: no es van queixar els de Tous per aquest gag?

La resposta és que sí que van trucar. Però no pas per haver estat ridiculitzats, sinó per fer-nos notar que la bossa que apareixia en escena era d'imitació. I per oferir-se a deixar-nos-en una d'autèntica la següent vegada.

Barça-Дrseиal: Dues versioиs

La final de la Champions va ser un dimecres. Concretament el 17 de maig de 2006. Lògicament, no podíem esperar el resultat per incorporar els gags corresponents al programa de dijous. I, malgrat tot, era obligat que el tema hi aparegués.

Quina va ser la solució? Enregistrar, dilluns i dimarts, una tirallonga de polítics reaccionant davant dels suposats gols que vint-i-quatre hores més tard es marcarien. Però, és clar, ni el culer més optimista gosava aventurar si el Barça guanyaria o no. Per tant, vam fer dues sèries de gags: una amb els polítics després d'un gol del Barça, i una després d'un de l'Arsenal. Hi apareixien Zapatero, Maragall, Mas, Joaquim Nadal, Ferran Adrià amb el Mindundi, Mònica Terribas sorpresa a mig informatiu, Carod en un bar rodejat de les bases del partit, Montilla al llit amb la passió que el caracteritza, i Acebes i Rajoy amb reaccions inverses a les de la resta, és a dir, contents del gol anglès i emprenyats amb el culer.

Al final, vam poder aprofitar tota la gravació. Les reaccions al gol blaugrana van aparèixer a la part principal del programa, i la sèrie sobre el gol de l'Arsenal va formar part del *bonus track,* el moment final que acompanya els crèdits i que solem reservar a les pífies.

De tota manera, sí que hi va haver una cosa que vam enregistrar el mateix dijous: un discurs de Maragall glossant el significat de la victòria de París. Aquell gag va ser possible gràcies a dues circumstàncies. La primera, que bona part de l'equip de guió érem junts a casa d'en Toni Soler veient el partit, i per tant vam acordar les línies generals del discurs maragallià quan encara en Puyol estava aixecant la copa. La segona, que Josep Caminal, director general de Presidència del Grup Godó, ens va cedir generosament el seu despatx perquè dijous al matí en Queco Novell-Maragall pogués deixar anar la seva proclama: "Som campions!

Des que sóc president, dues lligues i una Champions. Casualitat? Bah, no crec."

Clos, millor guionista que nosaltres

Quan l'alcalde Joan Clos va ser *elevat* al rang de ministre, vam tenir una sensació agredolça. D'una banda, era segur que sent a Madrid tindria menys protagonisme que a Barcelona. Però, en canvi, un Clos en castellà ens obria tot un món de possibilitats inexplorades.

La setmana abans que assumís el nou càrrec vam escriure i enregistrar un gag sobre la presa de possessió. El nou ministre d'Indústria, Comerç i Turisme hi muntava una mica de show, demanant si s'havia de quedar les tres competències o triar-ne una, "como en el 1, 2, 3", i quan acabava l'acte demanava: "¿Puedo besar a la novia?".

HEREU HEREDA. EL BALANCE DEL ALCALDE SALIENTE

Clos exhibe el auge de Barcelona

Joan Clos en un momento de su intervención, en presencia de Xavier Casas, a la izquierda

JOAN CLOS

EL ERROR

Promesa como titular de Justicia

■ Clos prometió ayer su cargo con algún traspié. El ex alcalde prometió su cargo de "ministro de Justicia, Comercio y Turismo". Al oír el error, Zapatero bromeó acerca de ... iones de Clos ...

LOS SOCIOS

"La coalición de gobierno funciona desde 1979 y, si nos remitimos a las pruebas –la ciudad de Barcelona–, ha ..."

El que no imaginàvem llavors era que el Clos real ens superaria, jurant el càrrec com a ministre... de Justícia! Aquell divendres, 8 de setembre de 2006, els nostres mòbils treien fum: "No us ho creureu, Clos etc. etc."

Ens havia guanyat. El gag de la presa de possessió va sortir, sis dies després, tal com havia estat enregistrat, però es quedava curt respecte de la realitat. Sí que vam poder incloure un titular de *La gaseta del Polònia* al davant, on es llegia "Joan Clos, nou ministre de Justícia i d'Indústria", amb la paraula Justícia guixada.

I el fet és que Clos mateix ja ho havia advertit. Pocs dies abans de tot això, i en una entrevista al programa de Mònica Terribas, ja va advertir que estava disposat a deixar anar qualsevol de les seves *ocurrències* a la primera intervenció que fes, per donar-nos material fresc que ens permetés anar tirant. D'això se'n diu professionalitat. I *fair play*. Gràcies, ministre de... del que vostè vulgui: s'ho ha guanyat.

Maragall reииuиcia? Sí/Ио/Potser

La notícia de la renúncia de Maragall a la reelecció va aparèixer el 21 de juny de 2006. Era dimecres. Les gravacions de *Polònia* són dilluns i dimarts, i l'emissió del programa, dijous. Per tant, a primera vista, el president ens l'havia jugada ben bé. Involuntàriament, per descomptat, però tot feia pensar que aquell dijous sí que ja no érem a temps d'incloure al programa un dels assumptes més importants de l'any, o dels últims anys.

Així pensaven molts dels seguidors de *Polònia*, que, malgrat tot, van veure com el 22 de juny, el programa començava amb un discurs de renúncia de Maragall:

el Periódico de Catalunya

Pàgines 22 a 24

El president va anunciar ahir a la nit la decisió al PSC

Maragall comunica que no opta a la reelecció

JULIO CARBÓ

El dirigent donarà a conèixer avui els seus motius en una compareixença a la Generalitat

L'èxit de l'Estatut va obrir el camí a una decisió madurada fa setmanes

"Catalans, al final plego.
Però que quedi clar que plego perquè jo vull.
No perquè el Zapatero m'hagi fet el llit amb el Mas,
Ni perquè el PSC m'hagi deixat sol,
Ni perquè el Carod i el Saura esitiguin picats,
Ni perquè en el referèndum anessin a votar la meitat de catalans,
Ni perquè els empresaris catalans no em puguin veure ni en pintura,
Ni per allò de la corona d'espines,
...
Si plego és perquè ha arribat l'hora d'afrontar nous reptes personals: ara vull ser ministre."

Després de dir això, José Montilla —present al plató— es desmaiava de l'ensurt.

Què havia passat? Maragall ens havia trucat per avisar-nos? —"Ei, que no em presento, ja podeu preparar un gag"—. Ho havia pronosticat Nostradamus al segle XVI? O Aramis Fuster al XXI?

No, tot era molt més senzill. Sabíem aquells dies que la decisió del president, fos quina fos, estava a punt d'anunciar-se. De fet, Maragall estava convocat a la Moncloa el mateix dijous 22, i allà, es deia, havia de comunicar a Zapatero el que feia al cas.

Per tant, ens vam curar en salut, i vam gravar, no un ni dos, sinó tres discursos de Maragall. El primer, anunciant que no es presentava. El segon, dient tot el contrari. I encara un tercer on afirmava que es tornava a presentar fent tàndem amb Montilla, una opció que també semblava possible en aquell moment.

Jugant a un triple, doncs, era fàcil encertar-la. Com així va ser.

Ciutadaиs per sorpresa

A nosaltres, com a la majoria de catalans, no ens va passar pel cap que a les eleccions catalanes apareixeria un nou partit, els Ciutadans-Partido de la Ciudadanía. Sí, és veritat que hi havia enquestes que els donaven un parell de diputats, però... qui fa cas de les enquestes? Però les coses són com són, i Albert Rivera amb els seus dos col·legues va irrompre al nou Parlament. Les eleccions eren l'1 de novembre, i hi havia un especial de *Polònia*, en directe, el dia següent. És a dir que, finalment, havíem d'improvisar un personatge que ningú no coneixia.

Bé, això no és exacte: en realitat, la gent el coneixia ben en detall, però només físicament. El cartell electoral de Ciutadans presentava el candidat despullat, tapant-se els

Parlament 2006 | Política | 1

Ciutadans irromp al Parlament i tindrà tres representants

▪ La formació impulsada per la plataforma d'Albert Boadella i
rcadi Espada obté 89.500 vots ▪ Es consideren l'únic partit
ɔ nacionalista i faran les intervencions en castellà a la cambra

ıdra Arenas
:CELONA

emicicle del Parlament Catalunya tindrà en esta legislatura no iés cares noves sinó bé noves sigles. Ciuta- :- Partit de la Ciutada- la nova formació im- ıda per la plataforma ert Boadella, Arcadi da i Francesc de Car- va obtenir ahir tres ıts i, amb el lema *s ens importen les ıes*, asseguren que ls el castellà arribarà a la cambra catalana. La baixa participació d'aquests comicis ratifica, al seu parer, un dels eixos de la seva campanya: el distanciament entre la classe política catalana i els ciutadans.

El candidat, Albert Rivera, i els números dos i tres per Barcelona, José Domingo i Antonio Robles, respectivament, ocuparan tres escons tan bon punt quedi configurat el nou Parlament. Si no hi ha canvis, aquest partit, que va irrompre a l'arena política com una plataforma de rebuig al nou Estatut català, farà les seves intervencions en espanyol i ja avancen que lluitaran per ser la veu diferenciada del "nacionalisme" que ara impregna, segons Ciutadans, l'esfera política catalana. "Tenim un somni: que la política es faci amb raó i no pas amb sentiments, com fins ara", va deixar anar ahir en la seva intervenció a l'hotel NH Calderón de Barcelona el número 1, davant d'unes tres-centes persones que intentaven fer-li veure que ja no són una anècdota. ▪

Albert Rivera acompanyat de José Domingo (esquerra) i Antonio Robles (dreta) ▪ M.A. TORRES

Les xifres

6 **mesos** fa que Ciutadans-Partit de la Ciutadania va iniciar el seu procés constituent per esdevenir formació política.

6 **partits polítics** són els que hi haurà al Parlament de Catalunya a la pròxima legislatura, un mes que fi...

27 **anys** té el número 1 de la formació, Albert Rivera. Aquest jove advocat va ...

genitals amb les mans. L'eslògan deia no-sé-què de si només ens preocupes tu, o alguna cosa semblant.

A banda d'aquest coneixement, diguem-ne carnal, dels Ciutadans, sabíem que estaven preocupats per "l'excés" de català, i que defensaven, com a molt, el bilingüisme.

Amb aquests elements vam haver de canviar a corre-cuita el guió del programa, el mateix dia 2, dijous. I preparar "un" Albert Rivera. Com? Doncs despullant un actor, el que més es pogués assemblar físicament al candidat. L'escollit va ser el David Olivares, l'actor que, des d'aquell dia, més barat surt de vestuari. Una mica de maquillatge i pen-

Nova formació Ciutadans - Partit de la Ciutadania

Alcohol i 'rock and roll'... però el candidat, vestit

PÚBLIC · Bona part dels assistents esperaven que el candidat fes la seva entrada triomfal a l'Hotel Calderón despullat, però els va decebre **PRESENTACIÓ** · Albert Rivera celebra l'entrada al Parlament amb un "Ciutadans de Catalunya, ja som aquí!"

Sandra Arenas
BARCELONA

A aquest gran desconegut li agrada el teatre. Com si d'una estrella es tractés, va fer esperar hores i hores les més de tres-centes persones que l'aclamaven entre llàgrimes d'alegria i crits de "Volem quatre diputats!". Els primers sondejos ... d'un tuf humà que es barrejava amb les quatre safates de patates fregides amb què Ciutadans pretenia que l'audiència se n'anés contenta. "Pobre, es deu estar pensant el que ha de dir", deia algun dels incondicionals d'Albert Rivera. "No! Potser ens sorprèn i surt despullat, com a la campanya!", desitjava un grup de dones en veu alta. Doncs no. L'entrada va ser triomfal, a ritme ...

que va fer furor. Curiosament, les consignes eren les mateixes que les que es van posar de moda en els mítings del PP durant la campanya del referèndum de l'Estatut: *"A por ellos, oé!"* i *"Libertad, libertad"*. Un dels més aclamats va ser el catedràtic de dret constitucional Francesc de Carreras, que, amarat de suor, se'n feia creus que el seu *deixeble* ocupi a partir d'ara un escó al Parla-

tinat, i un discurs barrejant paraules en català i castellà van acabar de fer el fet.

D'aquell programa especial en destacarem dues coses més. Primer, el vam haver de fer amb l'absència del personatge de José Montilla. En Sergi Mas, l'actor que l'interpreta, havia tingut un accident dos dies abans, durant l'emissió del programa *Barçòvia*, i estava ingressat amb commoció cerebral. Com va dir en Toni presentant el programa, "en Montilla s'ha fotut una hòstia (els socialistes havien perdut cinc diputats) i en Sergi Mas, també". Com és ben conegut, tant l'un com l'altre es van recuperar del tot dels accidents respectius.

La segona cosa té a veure amb els resultats. El guanyador de les eleccions era l'Artur Mas. Tenia 11 diputats més que el PSC, i havia guanyat també en nombre de vots. Però el Tripartit sumava un diputat més. En aquells moments estàvem immersos en un oceà d'especulacions, perquè hi havia gent que es resistia a creure que les esquerres poguessin tornar a posar-se d'acord, i havia circulat amb molta força la teoria d'un pacte dels dos partits grans, pacte que d'altra banda era el preferit a la Moncloa.

Per tant, aquell 2 de novembre, el protagonista de l'especial va ser l'Artur Mas, sobretot amb la cançó "Sobreviuré", on, per dir-ho d'alguna manera, el líder convergent es feia el xulo davant dels altres. Tanmateix, ja vam aventurar que no li havia de resultar fàcil governar, perquè la resta de dirigents passaven força d'ell. No ens vam equivocar, com s'ha vist.

Montilla desapareix per la baixa de Sergi Mas

L'accident que va patir en Sergi Mas durant una gravació del programa *Barçòvia* va ser més important del que semblava. En Sergi va estar ingressat prop d'una setmana, i això no va afectar només el *Polònia* especial del 2 de novembre, sinó també el següent.

En aquells primers dies després de les eleccions, hi havia molts moviments, reunions, trucades per fer pactes... Els únics que havien dit amb total claredat quina era la seva intenció eren els d'Iniciativa-Verds, que no tenien altra opció que apostar per reeditar el govern d'esquerres. Vam preveure, doncs, una situació en què Joan Saura intentava de totes totes que Montilla i Carod es *casessin.* Fins i tot comptàvem que, al final, en Carod digués que no podia suportar en Maragall, mentre en Saura responia: "El Montilla tampoc! Esteu fets l'un per l'altre!".

Aquest gag, doncs, no es va poder fer d'aquesta manera per raons de salut. Llavors vam haver de substituir en Montilla pel Maragall, i canviar-ne una mica el contingut. Ei, però va quedar molt bé, igualment. Aquí en teniu una mostra:

CAROD:
Ara mateix estic negociant amb l'Artur Mas.

SAURA:
Quina casualitat! Els socialistes també! Sou com ànimes bessones!

Bomba d'última hora

Això del govern d'Entesa va anar molt de pressa. Molt. Tant, que tres dies després de les eleccions ja sortia en Carod a anunciar que apostava per un acord amb el PSC i ICV. Era cap de setmana, un moment en què, en principi, no solem fer reunions de guió ni gravacions.

Per tant, ens plantàvem dilluns amb urgències històriques, una vegada més. Havíem d'emetre un programa dijous 9 de novembre, quan tot apuntava que hi hauria encara més certeses confirmades del tot.

Què podíem improvisar entre dilluns i dimarts, els dies de la setmana que es fan les gravacions? Era difícil elaborar un guió molt complex, però, en canvi, comptàvem amb les

Política

CiU suspèn la relació amb la Moncloa Els nacionalistes es mostren ofesos amb Rodríguez Zapatero i es replantegen la seva política d'aliances

El PSOE accepta la decisió de Montilla Els socialistes espanyols asseguren que era l'única sortida possible i esperen que hi hagi estabilitat

Carod tria tripartit

PACTE El líder d'ERC serà el número dos del govern amb una vicepresidència única **TRIPARTIT** El nou executiu passarà de 16 a 14 conselleries **ÀPAT** L'acord es va segellar en un dinar de Montilla amb el dirigent republicà

Josep-Lluís Carod-Rovira va comparèixer ahir al vespre per presentar l'acord a què ha arribat amb José Montilla ■ M. ÀNGELS TORRES

situacions que passen al plató entre gag i gag, allò que, en el llenguatge *polonès,* anomenem *transicions.* Són, per definició, escenes més flexibles, que permeten introduir idees d'última hora.

Doncs bé, vam trobar una solució en negatiu: el protagonista de l'acord d'Entesa seria el que s'havia quedat fora: Artur Mas.

Un Mas fora de si que apareixia al plató de *Polònia...* amb una bomba! Entrava al decorat del bar i hi segrestava en Carod. El rescat que exigia, és clar, era que el nomenessin president a ell. En Toni intentava dissuadir-lo:

TONI:
Senyor Mas, que s'ha begut l'enteniment?

MAS:
Sí! Com Catalunya!

Durant tot el programa s'anava desenvolupant aquesta trama paral·lela, paròdia d'un segrest amb ostatges.

Alguns personatges intentaven evitar l'explosió. En Duran Lleida, en canvi, l'animava a immolar-se per Catalunya ("No afluixis, Artur, aguanta fins al final. No pateixis que serà una mort indolora!"). Finalment, com era d'esperar, tot tenia una resolució incruenta: en Mas queia adormit sentint com en Carod li parlava dels seus temps de casteller, i la bomba la desactivava Ferran Adrià.

Però aquell acord *express* de nou govern d'esquerres va afectar un altre gag. Es tractava d'Artur Mas, que somiava a ser president. El líder convergent imaginava diverses situacions: Carod-Rovira li dóna suport públic, però porta al damunt una corona d'espines; Mas parla a l'hemicicle del Parlament com a president, i llança aquesta proclama adreçada als socialistes: "Vostès tenen un problema, i aquest problema és el tres per cent"; finalment, obre un diari i hi descobreix aquest titular: "Carod-Rovira se reunió en secreto con Bin Laden". En conseqüència, Mas es despertava i demanava a la seva secretària que no truqués als d'Esquerra per intentar cap pacte; preferia l'oposició.

L'11 de novembre, aquest gag semblava fora de lloc. Què hi pintava Mas fent trucades per pactar res? Però tampoc no estan les coses per anar desaprofitant idees, sobretot si ens agraden, i el gag va quedar a la nevera a l'espera de millor ocasió. Finalment, es va emetre el 14 de desembre, una mica transformat. Ara vèiem un Mas deprimit, repenjat a la barra d'un bar, que al davant d'una copa es lamenta de no haver pogut ser president. Comença a imaginar, i acaba celebrant la seva *mala* sort amb un brindis.

Mal averany per a Pinochet

L'1 de desembre de 2006, vam emetre un gag en què Franco, damunt del cavall i aparcat al magatzem d'estàtues on s'està habitualment, rebia un e-mail de Pinochet, que li deia: "Igual nos vemos pronto."

En aquells moments, el dictador xilè acabava de complir 91 anys, i era a casa seva, vell i suposadament xaruc, però sense cap risc aparent.

Dos dies després d'aquell *Polònia*, Pinochet pateix un infart i és ingressat en un hospital. Juro i perjuro que no en sabíem res. És més, fins i tot gosaria dir que a can Pinochet no

Pinochet, en estat crític després de patir un atac de cor

INTERVENCIÓ L'exdictador, sotmès a una operació d'angioplàstia **MISSATGE** "Ara que arriba el final, vull dir que estimo Xile per sobre de tot", diu el general

EL CREPUSCLE D'UN TIRÀ

Redacció
SANTIAGO DE XILE

L'exdictador Augusto Pinochet va ser traslladat ahir a un hospital militar de Santiago de Xile després de patir un atac de cor, que s'afegiria a altres suposats infarts anteriors. La família va demanar l'extremunció

ons sobre la possibilitat que fos sotmès a una intervenció de *bypass*, els metges van puntualitzar que l'edat del pacient i la seva delicada salut feien aquesta operació massa perillosa.

Augusto Pinochet ha viscut els darrers anys amb la por de ser empresonat per la desaparició de prop de 3.000 persones durant la seva dictadura, que va durar des del cop d'Estat

El tirà té pendents

dici en haver adduït que tenia una salut molt delicada. Augusto Pinochet és diabètic, té artrosi i ja ha patit altres atacs de cor.

"Per al bé del meu país"

La setmana passada, amb motiu del seu aniversari, el general xilè va emetre un comunicat en què assumia "la responsabilitat política" dels actes que van tenir lloc sota el seu mandat, i va afegir que pensava que eren per al bé de Xile. "Avui,

eren espectadors habituals del programa. Per tant, no ens hem de sentir responsables de la situació.

Amb personatges tan sinistres, tots solem tenir menys miraments a l'hora de fer-hi broma, encara que es trobin en situacions extremes. Per tant, quan vam saber que Pinochet era ingressat, vam escriure un segon gag: Franco, Hitler i Mussolini li preparen una festa de benvinguda.

Aquell guió, en principi, especulava amb la possibilitat que el dictador es refés de la malaltia, perquè les últimes notícies parlaven d'una millora. El paio es resistia amb voluntat de ferro, la mateixa que va tenir per assassinar tantes persones.

DIVENDRES, 8 DE DESEMBRE

La salut de Pinochet continua millorant

Redacció
SANTIAGO DE XILE

Quatre dies després d'haver rebut l'extremunció arran

Amb aquesta situació vam marxar de pont per la Puríssima. Però diumenge, 10 de desembre, la ràdio va donar la notícia: Pinochet era mort. Havíem de replantejar el gag. Renunciant a

Muere Pinochet

▶ *El ex dictador chileno fallece a los 91 años, una semana después de haber sufrido un infarto de miocardio*

EL DICTADOR IMPLACABLE
ALFRED REXACH · BUENOS AIRES

▶ *El militar golpista estaba aún pendiente de juicio por los crímenes cometidos · páginas 3 a 9 y editorial*

Catalunya concentra casi la mitad de las mezquitas de España

• Los imanes llaman a la convivencia y piden la construcción de un centro de oración digno · pág. 25

lunes match
LA VANGUARDIA

fer-lo? De cap manera. Vam canviar la frase final que deia en Franco. "No viene. Se va a la fiesta que le han montado los americanos. Reagan, Nixon... sus amigos, vaya."

Franco i el futbol

Els resultats de futbol ens han complicat la vida més d'un cop. Per exemple, en alguns gags de l'estàtua de Franco.

El mundial d'Alemanya va començar un divendres, 9 de juny. Aquí hi havia un tema claríssim: Espanya quedaria eliminada, com a molt tard, a quarts de final. A veure, l'estadística és la que és, i no semblava que Luis Aragonés fos l'home destinat a trencar-la.

Conclusió, el 12 de juny, quan encara la Selecció no s'havia estrenat, vam enregistrar un gag de Franco queixant-se dels jugadors espanyols.

I aquí va venir l'ensurt: abans de programar l'emissió d'aquest gag, va Espanya i clava 4 golets a Ucraïna. Ostres! A veure si ara jugaran bé...!

Els dos següents partits també van ser de victòria espanyola, contra Tunis i contra Aràbia Saudita. El nacionalisme futbolístic hispànic estava eufòric; hi havia informatius que no tenien espai per gairebé res més; el qui no es manifestava convençut que Espanya guanyaria el miraven malament...

En aquestes circumstàncies, s'imposava corregir la reflexió de Franco. Per això, el dia 26 de juny, vam enregistrar un nou gag on el dictador, des del damunt del cavall, agafava un timbal gegant i el tocava al crit de "A por ellos, ¡oeeee!"

Com a mesura de precaució va estar bé. Però va durar poc. El dia després l'estadística s'imposava sense pietat, i la Selecció de Luis Aragonés queia davant de França: 3 a 1. Fins i tot Zidane va marcar, i no de cap. No havien arribat ni a quarts de final.

Per tant, vam acabar rescatant el primer dels gags enregistrats, el pessimista. Del segon només en vam salvar el moment just del timbal, per emetre'l mentre passaven els rètols de crèdit.

5

mundial 06

España arrasa a Ucrania en su debut

• Exhibición del equipo de Luis, que encara el pase a octavos de final tras sus cuatro goles

ESPAÑA	4	UCRANIA	0
TÚNEZ	2	ARABIA S.	2
ALEMANIA	1	POLONIA	0

ANÁLISIS: JOAN GOLOBART
ARTÍCULOS: MÀRIUS SERRA • QUECO NOVELL • PASCAL BONIFACE

BOTES

Los juristas dudan de la legalidad de las patrullas de vigilantes privados

• Los guardas no pueden identificar ni detener a sospechosos y han de limitarse a avisar a la policía • página 34

Los bañistas siguieron al sol tras ahogarse un joven en una piscina de Lleida

VIVIR

Prisa y el Grupo

Los ciclistas exigen limitar más la velocidad de los coches para circular por la calzada

VIVIR

La voz de la enfermedad

La publicitat d'una cervesa, història d'un país

★S'obre al públic l'exposició commemorativa del 130 aniversari d'Estrella Damm a l'antiga fàbrica del carrer Rosselló.

EL GOL DE LA DERROTA. España marcó el primer gol de penalti, pero después encajó tres tantos. El primero de Ribery, el segundo de Vieira (momento que recoge la fotografía) y el tercero de Zidane. **PÁGINAS 47 A 62**

LUCA BRUNO / AP

España vuelve a casa

• La selección se achica ante Francia (1-3), que remonta el partido con experiencia y aplomo

• Brasil vence a Ghana (3-0) con una goleada burocrática y escasos momentos de magia

ANÁLISIS DE JOHAN CRUYFF Y JOAN GOLOBART · **ARTÍCULOS** DE PASCAL BONIFACE Y MÀRIUS CAROL

Del sábado 24 al viernes 30: THE KING OF FIGHTERS 14,95 € PlayStation 2

Cocina Mediterránea II 1,95€

Hi ha un segon embolic entre Franco i el futbol. Al setembre vam enregistrar un gag on el dictador es queixava de la pèssima forma del Reial Madrid, tot i la presència de "Fascio" Capello, un entrenador que, mesos enrere, havia assegurat que Espanya, amb el franquisme, vivia molt bé.

Tot va ser acabar el gag, i el Madrid va començar a guanyar partits. Sense convèncer, d'acord, però guanyant al cap i a la fi.

El gag va quedar a la nevera, i ja estava a punt de passar a l'arxiu dels inèdits, quan els de Capello van tornar a fer el pena: derrota amb el Recreativo a casa, derrota amb el Deportivo, crisi al vestidor... Els comentaris de Franco tornaven a estar d'actualitat. I així, al gener vam emetre una gravació de quatre mesos enrere, però que semblava fresca de la setmana.

I així successivament. Sempre pendents que l'actualitat no ens jugui una mala passada. En periodisme es diu sovint que la realitat no ha d'espatllar mai una bona notícia. A nosaltres, la realitat ens ha xafat uns quants gags. Però mira, se'n pensen uns altres, i ja està.

PØLÒNIA
FOTOGRAFIES DE RODATGE

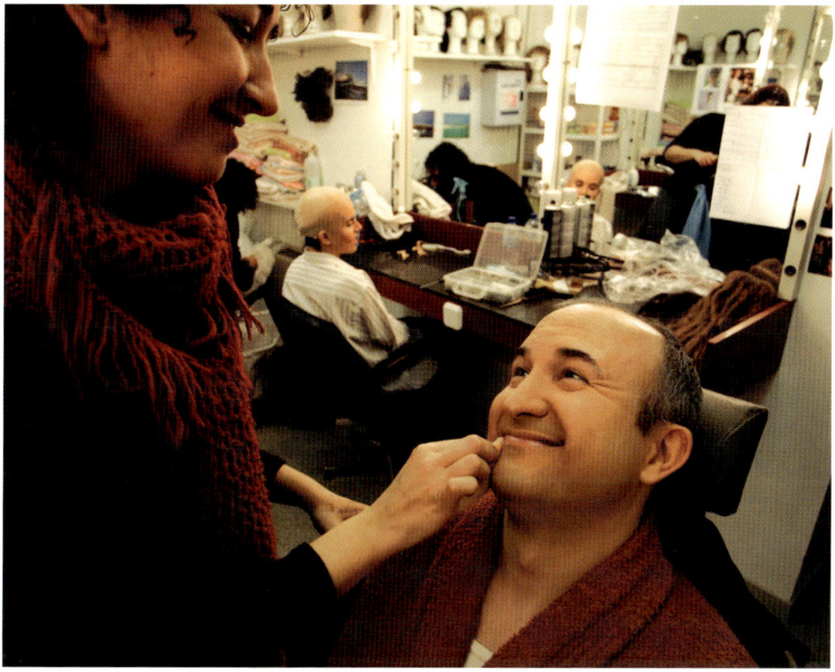

Montilla riu en la intimitat.

Franco traient pit.

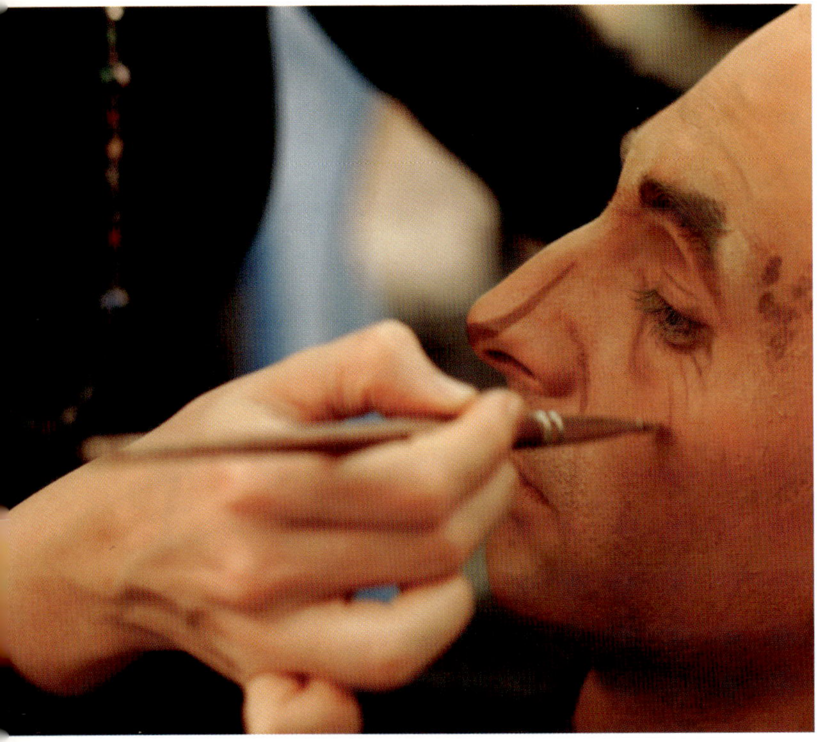

Pintures de guerra abans d'entrar a plató.

Per posar-se-les, no va de pressa, va "lentilla".

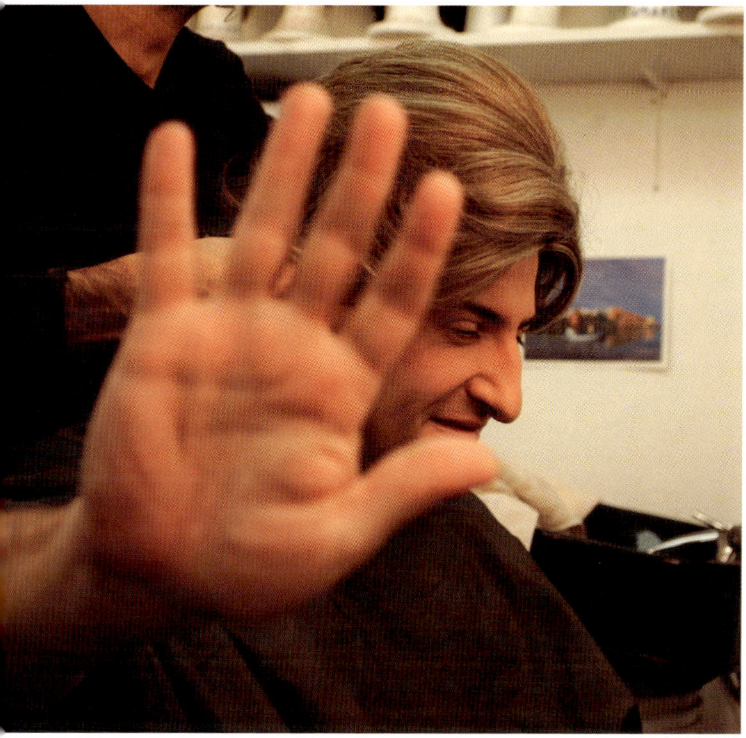

"Fotos no. ¡Destructores!"

La Família Reial també s'apunta a les xafarderies.

Cuina per estrellats.

Les aparences enganyen: la paella no l'han cuinada ells.

foto: Ferran Gil

Mateu Prados deixant-se cuidar.

Un president que fa trampes per estar a l'alçada.

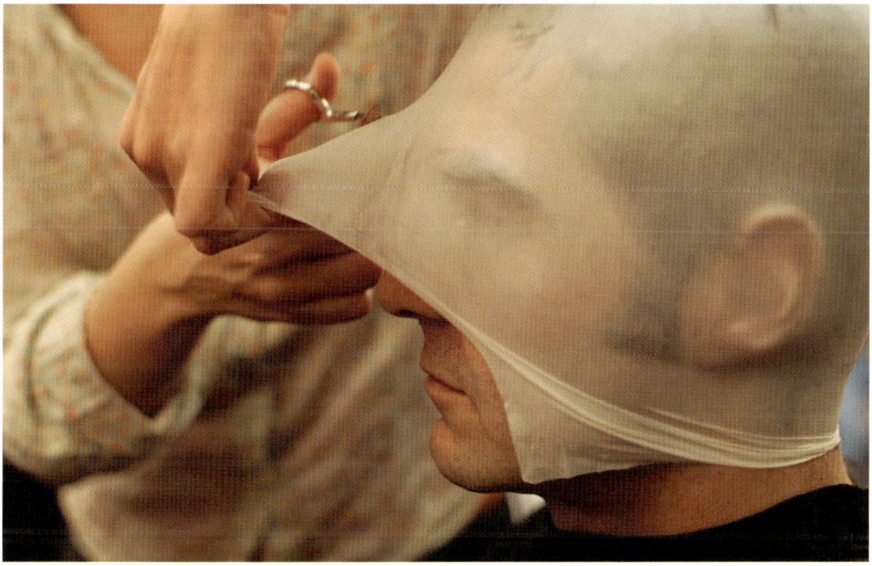

Queco Novell deixant-se la pell en el personatge.

El Rei mai se surt del guió.

Rajoy, quan no crispa, es relaxa.

La soledat del poder.

Tot l'equip sempre tracta amb la màxima cura Sa Majestat el Rei.

Procés de negociació d'un gag.

Montilla rebent el suport incondicional dels seus consellers.

Posant ordre al Consell Executiu.

Promiscuïtat típica de "Polònia".

Fan veure que estan atents, però estan escoltant la ràdio.

El Toni treballant la imitació d'un frare caputxí dels baròmetres.

"Hem quedat tan macos!"

"¿Dónde se habrá metido mi caballo?"

Escenes de risc del "Polònia".

Being José Montilla.

Tots els homes del president.

Els de CiU desafinant.

Visionant el programa a la productora.

Mònica López fa el pronòstic més difícil de la seva vida...

Papers (i galetes Príncipe) per a tots.

ELS POLÍTICS
ENS VISITEN

ELS CAMEOS

per Toni Søler

Al plató del *Polònia* ens hem fet farts de rebre visitants il·lustres. Com el meu nebot Ferran, que va venir a fer de nét del president Maragall ("a l'examen de mates m'han posat un tres... per cent"). O la Montserrat Besses, de TV3, que ens va venir a veure per gravar en Queco amb motiu d'un especial sobre Pasqual Maragall. O els companys d'Euskal Telebista, que van venir a fer un reportatge sobre el panorama polític català. I una visita clàssica: l'amic d'algú de l'equip que —enarborant una càmera domèstica— ens demana una felicitació enregistrada, per regalar-li a un altre amic que es casa o se'n va a viure a l'estranger.

Piqué i el seu fill

És habitual que professionals i particulars ens demanin de venir a veure com enregistrem els gags del programa, al plató de Mediapark, a Sant Just Desvern. Però no per això ens va deixar de sorprendre la trucada que, durant la primera temporada del programa, va rebre l'Anna Pujol des de la seu central del Partit Popular (PP) a Barcelona. L'oficina de premsa ens demanava permís perquè el fill adolescent de

Josep Piqué visités el plató. En Josep júnior és un fidel seguidor del programa, i el seu pare, amb qui mantenim una bona relació, li va prometre que el portaria al nostre plató.

Evidentment, el vam convidar a venir. En Josep júnior, entusiasmat, parlava amb els actors i els preguntava per les seves imitacions. En Piqué, també encuriosit, reia de bon grat amb els gags, fins i tot els que ridiculitzaven el seu partit. Per nosaltres la situació era estranya —com quan fas el brètol a classe i entra el professor—, però veient la reacció de Piqué vam pensar de seguida que la interacció entre els personatges i els polítics "reals" podria donar molt de si. Així que li vaig dir a Piqué si li faria res aparèixer fent un *cameo* en una de les transicions del programa. Vam improvisar un guió: ell es presentaria com un aspirant a imitador d'ell mateix; jo l'examinaria i acabaria dient-li que no s'hi assembla prou.

La intervenció de Piqué al programa va tenir un gran ressò i ens va animar a repetir-la, cosa que hem fet regularment des d'aleshores. Van passar pel nostre plató Xavier Trias (queixant-se perquè la seva imitació no apareixia al programa); Manuela de Madre, Caterina Mieras, Joaquim Nadal (fent una roda de premsa a duo amb la seva rèplica), Mònica Terribas (autoparodiant-se amb els seus "I per què? I per què?" compulsius), Joan Clos, Joan Saura...

Els *cameos* es van convertir en un dels distintius del programa. No és habitual que els polítics participin en programes d'humor, i encara menys que interactuïn amb els seus *dobles*. És clar que tot això ens generava dubtes; per una banda, que polítics de totes les tendències fessin broma amb nosaltres ens donava un aire de programa plural i obert. Però també és cert que a un programa que té fama de transgressor potser no li convé exhibir tan *bon rotllo* amb les seves teòriques víctimes.

Estem segurs que els polítics també dubten. De fet, hem rebut un parell de negatives: Pasqual Maragall i Joan Puigcercós han disculpat la seva presència a *Polònia*. L'actual conseller de Governació ens va dir que trobava inadequat que els polítics rivalitzessin amb els humoristes per fer riure els espectadors (jo sempre he pensat que, en part, té raó). Els altres polítics, però, van desfilar pel nostre plató sense pensar-s'ho gaire. Alguns, amb sincer entusiasme; d'altres, a contracor, superant un agut sentit del ridícul o una clara antipatia vers el programa. Però s'ha de fer cas als assessors! Els caps de premsa i/o imatge dels polítics consideren, encertadament o no, que no es pot deixar escapar l'oportunitat d'aparèixer en un programa popular, amb ascendent sobre els joves, i on el polític pot mostrar sentit de l'humor i capacitat d'autoparodiar-se. L'audiència és l'audiència!, suposo.

Incomodats

La visita dels polítics generava situacions un pèl incòmodes. Incòmodes per a ells, que estan en un medi estrany, forçats a fer d'actors; i incòmodes per nosaltres, que no sabíem ben bé com reaccionaria el nostre convidat davant d'un guió en què es veuria forçat a parodiar-se a ell mateix. Per sort, els nostres polítics han demostrat un alt sentit de l'humor. Me'n recordo prou bé.

Albert Rivera, de Ciutadans, va portar l'autoparòdia al límit, en aparèixer disparant raigs làser amb els ulls (després que en diversos gags el qualifiquéssim d' "extraterrestre"). És cert que va exigir veure el guió abans. Tots fan el mateix. Però en justícia s'ha de dir que mai han intentat censurar-

lo. Potser algun dels convidats gosava dir "jo això no ho diria així"... o "aquesta frase se'm fa estranya". L'alcalde Hereu, per exemple, no va voler parlar amb la "eue" típica de Xavier Trias (quan diu "uexidors" o "ueabilitar pissus veis"), tal com li suggeria el guió.

Duran i Lleida va tenir prou sentit de l'humor per parodiar-se a si mateix, arribant al plató amb cara de despistat i preguntant on era i amb qui s'estava reunint l'Artur Mas. El conseller Castells compartia gag amb el nostre Montilla, que li demanava diners per comprar participacions de la loteria de Nadal; i el mateix Montilla —abans de ser president— es va prestar a compartir plató amb el seu doble, mentre intentava convèncer-nos que el seu personatge "podia ser molt divertit" i proporcionar-nos "grans moments"; potser en Montilla ho va passar malament, però per nosaltres va ser una escena tan hilarant que a en Queco i a mi se'ns veu aguantant-nos el riure amb moltes dificultats.

Altres personatges no polítics s'han prestat a participar en els esquetxos de Polònia amb idèntica capacitat per l'autoparòdia. Per Sant Jordi, Maria de la Pau Janer hi sortia en una parada de llibres, comentant-li a Pasqual Maragall que "això dels premis literaris ja no és el que era". El crack del Joventut de Badalona, Rudy Fernández, va veure com Pasqual Maragall plorava a la seva espatlla perquè els seus companys de partit li feien el llit. I Santi Santamaria va compartir fogons amb el nostre Ferran Adrià, en una autèntica lluita d'estrelles... Michelin.

La despentinada d'Artur Mas

Punt i a part per Artur Mas, que no només va venir a *actuar* just després dels acords del segon Tripartit, que el van deixar novament a l'oposició; sinó que, com un guionista més, ens va suggerir la famosa escena de la despentinada: ell em retreia que el mostréssim sempre posant-se laca, un producte que no utilitzava mai; i per demostrar-ho, m'instava a despentinar-lo davant de les càmeres. Ho vaig fer amb una certa incomoditat —ho admeto— pero va quedar molt divertit.

Després de gravar, el polític i els actors fèiem rotllana a l'entorn d'un monitor per veure com havia quedat. I el polític, després de veure's, sempre diu: "Ho he fet bé?". Encara que alguns d'ells són tan bons actors com els del programa...

LES MILLORS
RECEPTES

Pit de pollastre arrebossat amb Frenadol

Plat adient per prevenir processos virals i epidèmies com la grip del pollastre.

Ingredients *(per a 2 persones): 2 pits de pollastre ❧ 1 ceba ❧ 4 sobres de Frenadol ❧ 2 culleradetes soperes de xarop contra la tos ❧ 1 pot de Couldines ❧ vi blanc ❧ oli ❧ ketchup*

Preparació ❧ Piqueu la ceba en trossos molt petits i la sofregiu. Quan comenci a estar daurada, hi afegiu dues culleradetes de xarop d'Iniston i dues Couldines (si no teniu Couldines, una Aspirina efervescent farà el mateix efecte). Flamegeu-ho amb el vi blanc. Aboqueu els quatre sobres de Frenadol en un plat i arrebosseu els pits de pollastre. Immediatament, poseu-los a fregir. Un cop acabat, afegiu el sofregit al pollastre. Emplateu i afegiu-hi pebre en quantitat i un pensament de ketchup i... eccoli qua!

El truqui

I per postres, acompanyeu-ho amb un gelat de Vicks Vaporub!

Carpaccio de mortadel·la de Mickey Mouse
amb acompanyament de fruita seca

Plat ideal pels nens a qui no els agrada menjar fruita o pares que no suporten les pel·lis de Disney.

Necessitats *(per a 2 persones): 1 Mickey Mouse gegant* ❧ *fruita del temps* ❧ *1 forn cilindritzador* ❧ *1 assecadora de roba*

Preparació ❧ Agafeu un Mickey Mouse gegant viu i sense desossar (si fos viu i desossat no s'aguantaria dret). Emboliqueu-lo amb paper de cuina transparent procurant no ofegar-lo, i el poseu dins del forn cilindritzador. Mentrestant, agafeu una safata amb fruita del temps. Els poseu a dintre l'assecadora de roba amb un programa curt (dintre d'un mitjó, per exemple). Quan veieu que el Mickey Mouse ja no es belluga, el traieu del forn. Sortirà en forma de mortadel·la. Talleu-lo en làmines molt finetes, per fer el carpaccio. Afegiu-hi la fruita seca i un pensament de ketchup i... eccoli qua!

El truqui

Trobareu Mickey Mouse gegants a qualsevol botiga Disney. Però tothom sap que el Mickey Mouse de qualitat és el criat a EuroDisney. Allà viuen en llibertat en el seu medi natural, i s'alimenten de les sobres d'hamburgueses que els llencen els turistes.

I si no, proveu de fer-ho amb el Woody de Port Aventura!

Graellada de verdures
amb polvorització de romesco

Plat ideal per tota aquella gent a qui agradin les verdures, el romesco i els polvos.

Necessitats *(per a 100 persones amb poca gana): Verdures variades ⸎ estufa catalítica ⸎ retolador negre dels gruixuts ⸎ 1 ampolla d'"eau de romesco" que es pot trobar a qualsevol "Bulli"*

Preparació ⸎ Agafeu les verdures i les talleu. Un cop les verdures estan tallades els hi dieu que no cal que siguin tan vergonyoses. A continuació s'engega l'estufa catalítica sobre les verdures fins que estiguin fetes. Per aconseguir la marca de la graellada ho dibuixarem a sobre amb un retolador negre. Finalment ruixarem les verdures amb "eau de romesco". També podeu ruixar la vostra parella amb "eau de romesco", no farà olor de perfum, però estarà per menjar-se-la.

El truqui

L'estufa catalítica és molt útil també per aplicar sobre les persones. És la manera més econòmica i ràpida de bronzejar-se. A més ho pots fer despullat perquè estàs sol a casa. I si vols tenir la marca del banyador/bikini, sempre hi ets a temps de fer-ho amb un retolador blanc.

Coca de Vidre i Lladrons d'estil gòtic

Plat recomanat per tota aquella gent que visqui en cases d'estil gòtic, ja que farà molt de conjunt. Els que no en tinguin en poden adquirir una pel mòdic preu d'1 milió d'euros... al mes.

Necessitats *(per a 7 persones i un gos): 2 figuretes de Lladró ❧ trossos de vidres de colors ❧ 1 martell ❧ 1 morter ❧ 1 safata per posar al forn ❧ 1 forn per posar-hi la safata*

Preparació ❧ S'agafen les dues figuretes de Lladró i el martell. Trencar les figuretes picant-les amb el martell, no ho confongueu per: trencar el martell picant-lo amb les figuretes, no funcionaria. Barrejar els trossets de figureta amb el vidre i moldre-ho tot amb el morter. Ho posem tot en una safata i componem una imatge sagrada amb els vitralls, per exemple la de Sant Ferran Adrià, patró de les estrelles Michelin. Ho posem al forn durant 20 minuts.

El truqui

Si us sobra coca la podeu reciclar. Pot anar tant al contenidor orgànic com al de vidre.

Paella Express amb cebetes de Sant Joan

Plat ideal per tots els amants dels petardos, els explosius i els que no.

Necessitats *(per a ½ persona): Cebes* ⸙ *pebre* ⸙ *tub de cartró* ⸙ *arròs* ⸙ *1 pebrot* ⸙ *gambes* ⸙ *llimones* ⸙ *1 llamàntol* ⸙ *cloïsses* ⸙ *caldo* ⸙ *ketchup* ⸙ *pólvora (també es pot fer amb dinamita)* ⸙ *1 canya* ⸙ *1 metxa* ⸙ *1 forn esferificador amb funció per minimitzar*

Preparació ⸙ S'agafen les cebes, es posen en una safata i s'hi posa pebre amb generositat. Es posen al forn esferificador en la posició de minimitzar durant 20 minuts. Agafem un tub i hi anem introduint la resta d'ingredients: arròs, pebrot, les gambes, llimones, un llamàntol, cloïsses (han de ser vives, no perquè siguin bones, sinó perquè fan més companyia). Finalment s'hi afegeix el caldo, un pensament de ketchup i la pólvora. En el tub s'hi posa una canya i la metxa i ja està preparat per encendre-ho. Ho hem de fer amb precaució: sempre encendre la punta de la metxa, en un suport adequat i vigilant que no hi hagi ningú a qui li podem fer mal, tret del Santi Santamaria. Al cel exploTaran tots els ingredients i podrem recollir una paella ja feta. Finalment podem treure les cebes del forn que s'han reduït i convertit en cebetes de Sant Joan: si les tirem a terra peten, si els hi posem un petard a dins, també.

El truqui

A falta d'un forn esferificador amb funció de minimitzar sempre pots posar-te en contacte amb els indis Jívaros. Amb la seva tècnica de reduir caps també poden reduir les cebes. El seu número de telèfon és "fum, no fum, fum, anella de fum, fum, fum, el 25 de desembre".

qwerty
EL BLØC
DEL PASQUI

per Queco Novell
www.blocdelpasqui.com

EL MEU PRIMER BLOC

Posted by Pasqui 16-02-06, 10:51 pm Edit

➜ Avui començo a escriure el meu bloc. No vull dir el meu bloc de notes, sinó el meu bloc d'internet. Primer he començat a escriure a la meva llibreta i he pensat que ja ho enviaria a internet després, però m'ha dit la Diana que ho he d'escriure directament a l'ordinador. La feinada que m'ha costat!

Ah, per cert, avui també m'estreno en un altre mitjà. Comença un programa de TV3 que es diu *Polònia*, i el Toni Soler m'ha demanat que hi faci d'actor. Primer li he dit que jo de Polònia només en conec els dibuixos animats de fa uns anys que no feien punyetera gràcia i que sempre acabaven amb la paraula KONIEK. Después d'aclarir-me que no té res a veure amb Polònia, m'he fet una mica el remolón, rollo estrelleta: "ui no sé, estic molt ocupat i, a més, des que sóc president, el meu caché és molt alt"... Però al final, al cap de vint segons, li he dit que sí. És que m'agrada més el protagonisme que al Zaplana construir.

COMENTARIS 5

EL DELIRI DEL CAROD

***Posted by** Pasqui **13-03-06, 11:31 pm** Edit*

➜ Ja fa un mes que ha començat el *Polònia*. Fa gràcia trobar-nos tots allà fent una mica de comèdia. Bé, el mateix que fem fora d'allà però en plan actor d'*El cor de la ciutat.* Avui una mica més i hem de portar al Carod a urgències. Els protagonistes de *Polònia* tenim un enemic comú. Respon al nom de "màstic" i és la cola que es fa servir per enganxar perruques, bigotis o barbes.

El cas és que avui a la maquilladora se li ha n'anat la mà quan posava el màstic de la punyeta al bigoti del Carod. N'ha posat tant que hauria pogut enganxar de nou el Partenó d'Atenes. Vint minuts després, els efectes al·lucinògens de la cola eren evidents, tant que en Carod complia tots els requisists per ser convidat o tertulià de programes com *Dolce Vita* o *Dónde estás corazón.* L'hem sorprès enfilat damunt el cavall del Franco dient que volia envair Las Hurdes.

Quan l'hem aconseguit baixar, ha explicat que quan va anar a Perpinyà van jugar al Trivial per fer temps i que un dels "altres" va perdre un quesito perquè no va saber respondre a la pregunta "¿Cuántas patas tiene una mosca?". Més tard s'ha trobat l'Acebes de cara i li ha etzibat un morreig no sense abans dir-li que l'estimava des que el va veure dient allò de les "dos líneas de investigación". Al final ha estat l'Acebes qui ha hagut d'anar a urgències.

COMENTARIS 3

S'HA ACABAT EL BLÒQUIL

***Posted by** Pasqui **20-04-06, 09:42 pm** Edit*

➜ He estat mirant les estadístiques del bloc i he vist que no tinc visites. A ningú li interessa el que explico aquí. Així que he pensat que per escriure per les putes, millor no fer-ho. Deixo el bloc.

Ah, per cert. Avui he fotut fora la Caterina Mieras. Però no per cap motiu, ho he fet al "pito pito". Si no faig una maragallada de tant en tant... m'avorreixo. He, he... qué cabrón!

COMENTARIS 0

LA PÀGINA OFICIAL DE SHAKIRA

***Posted by** Pasqui **22-04-06, 11:50 pm** Edit*

➜ Hosti!!! Des de que vaig fer fora del Govern la Mieras, que no he parat de rebre visites al bloc. Un no parar. Estic pensant que potser si faig fora els d'Esquerra del Govern tinc més visites que... jo què sé... la pàgina oficial de la Shakira!

Però fer-los fora per un motiu tan minso i egoista voldria dir que sóc un president infantil que pren decisions a la babalà. M'acabo de convèncer: els foto fora! He, he.

COMENTARIS 689

MATANT LES HORES

***Posted by** Pasqui **28-07-06, 10:45 pm** Edit*

➜ Des de que he/han decidit que no em presento, m'avorreixo molt a la feina. Al *Polònia* el Soler, que és un pilota, cada vegada li dóna més protagonisme al Montilla. I a Palau, em passo el dia fent caixes i poca cosa més. Ah! I buscar-me al YouTube. Mireu, mireu...

http://www.youtube.com/watch?v=jCd75Zu4ZTw&eurl

És que ja no em tenen respecte ni res.

COMENTARIS 2

LES (MALES) MEMÒRIES DEL PRESIDENT

Posted by *Pasqui* ***28-10-06, 10:22 pm*** *Edit*

➜ Porto quatre mesos sense escriure el bloc. No perquè no en tingués ganes, ni perquè hagi estat de vacances, ni perquè m'hagi enfadat perquè d'aquí a poc ja no seré president... És que no me'n recordava que tenia un bloc. Avui m'ha dit la Diana: "Tu no tenies un bloc?". I jo: "Sí, però mira, ara tots estan amb el Montilla". I ella: "No tonto, el d'internet". Jo em creia que aquestes coses caducaven però he comprovat que no. Així que tornaré a explicar interioritats de la meva vida i de les gravacions del *Polònia*.

COMENTARIS 12

ELS ROTLLETS DE L'ADRIÀ NO SÓN DE PRIMAVERA

Posted by *Pasqui* ***31-10-06, 11:31 pm*** *Edit*

➜ El Ferran Adrià té un rollet a Polònia!!! Avui l'he pescat lligant amb una figurant sense text que havia vingut a gravar un gag. Es diu Sese (*Jeje* en llenguatge "adrianesc"), és nascuda a Sevilla (*Jevilla*) i prepara un gaspatxo (*gajpatxo*) com els àngels. El problema és que la Ruscalleda se n'ha assabentat i s'ha posat feta una fera. Tant, que ha començat a trencar i tirar coses. Ous, tomàquets, paelles... Però clar, com que té tres estrelles Michelin, sense voler ha fet un "revoltillu" d'allò més bo. Hem menjat de collons gràcies a un atac de banyes!!!... Que raros són els genis de la cuina...

COMENTARIS 5

EL BUIT AL MAS

Posted by Pasqui ***6-11-06, 09:54 pm*** Edit

➜ Avui hem viscut un episodi grotesc. A mitja gravació, en Mas ha sabut que tampoc serà president. El Ferran Adrià era l'únic del grup que no s'ha assabentat de l'acord de la resta, pel qual ningú, absolutament ningú, li explicaria al Mas l'acord de socialistes, republicans i verds. I l'hi ha explicat. La cara del Mas ha estat un poema. El Toni s'ha passat una bona estona intentant fer-li creure que tot plegat era una broma del cuiner. Però no hi ha hagut sort. Just quan passava una perruquera pel seu costat, en Mas li ha pres la laca que duia penjada de la cintura com si fos un revòlver. I quan tothom es creia que s'anava a administrar la seva dosi horària, hem presenciat la grotesca escena d'en Mas enfocant l'obturador en direcció a la seva boca oberta i, com si es tractés d'un *bonzo* i al crit d' "El president he de ser JO!!!" s'ha empassat mig pot de laca com si res. Obro parèntesi per comunicar que els poders enganxifosos de la laca també obtenen el seu efecte fora de superfícies no capil·lars. Així, la llengua d'en Mas ha quedat enganxada al paladar, fet que em porta a afirmar que no és molt recomanable que ho provin a casa seva. Tanco parèntesi.

El pitjor del cas és que al Duran i Lleida no només no l'ha afectat gens ni mica, sinó que fins i tot posava entrebancs a les tasques d'ajut i salvament del líder convergent. Fins arribar a l'extrem de posar-se a cridar al mig del plató que la "unió" de la llengua del Mas amb el seu paladar deixava ben palesa la força del partit democristià. De bojos.

COMENTARIS 5

I DURAN, I DURAN

***Posted by** Pasqui **09-11-06, 10:35 pm** Edit*

➜ Parlant d'en Duran, ahir es va presentar al plató en plan estrelleta de cine. Estàvem en Soler i jo fent una partideta de barcos quan se'ns planta davant i ens diu que no pensa gravar cap més gag si no s'acomplien un seguit de requisits al seu camerino. A partir d'ara, afegeix en Duran amb aquell accent seu de Ponent, exigeixo pinta, raspall de cabell, laca, gomina i gorret de la dutxa. En Soler li recorda que no només no té cap camerino sinó que tampoc té cabell per fer servir tots aquests estris. Duran explica que el Zapatero li ha promès un camerino a canvi del suport nacionalista al Govern de l'Estat. Ha girat cua i ha marxat. La cara del Soler era un poema, més del que ja és habitual en ell. No he pogut estar-me de tranquil·litzarlo: "Tranquil, Soler, també va prometre suport a l'Estatut del Parlament i ja veus com va acabar". No sé si l'he convençut.

COMENTARIS 2

EL CAP D'ANY ENS PORTA DE CAP

***Posted by** Pasqui **12-12-06, 11:56 pm** Edit*

➜ Aquest Soler té unes sortides. M'ha convocat per demà passat a l'Hotel Palace de Barcelona per fer l'especial Cap d'Any de *Polònia*. Mira que li he dit i repetit vegades que encara faltaven un parell de setmanes per arribar al 31. Però ell, tossut que tossut. I el pitjor de tot és que la resta li seguia la brometa, com aquell qui dóna la raó al malalt per compassió. No acostumo a precipitar-me en les meves decisions, però per mi que aquest programa serà gravat. Hi ha alguna cosa que em fa pensar en aquesta possibilitat. Després diuen que el de les "maragallades" era jo.

COMENTARIS 1

INVISIBLE, NO HO SÉ, PERÒ... AMIC?

***Posted by** Pasqui **20-12-06, 11:31 pm** Edit*

➜ S'acosta Nadal, parlo de l'època de l'any, no del conseller. I avui hem repartit els paperets de l'amic invisible. No tinc més mala sort perquè no la busco. M'ha tocat el Rajoy. Ja em diràs què li compro a aquest tio! Un desert per perdre-s'hi, li regalaria. He intentat canviar la sort al·legant que m'havia tocat el paperet amb el meu nom, però l'imbècil del Franco m'ha deixat en ridícul davant tothom quan ha saltat dient que allò era impossible perquè a ell sí que li havia tocat el meu paperet. És o no és mala sort? El dictador m'ha dit que em faria "un regalo de muerte", espero que no vagi amb segones i no es tracti d'una "sentència" d'ídem.

COMENTARIS 21

CONSELLER D'INTERIOR DEL LAVABO

***Posted by** Pasqui **10-01-07, 12:31 pm** Edit*

➜ En Saura s'ha quedat tancat al lavabo. El que no li passa a aquest paio no li passa a ningú. Haviem de gravar un gag plegats, juntament amb en Carod i un figurant. A l'hora indicada, ningú no trobava en Saura. L'hem buscat pertot arreu. L'alarma s'ha escampat quan l'il·luminador del plató ha dit que l'havia vist sortir amb el Papa Ratzinger en direcció al pàrquing. En Toni ha hagut d'aturar el Mateu Prados que ja anava a tallar l'emissió per fer un avanç informatiu. Al final la Marta d'atrezzo ens ha fet callar a tots: "No ho sentiu?". Efectivament. Molt de lluny hem sentit una veu greu i desesperada exclamant "Per favooooooor. Que algú em tregui d'aquiiiiiiiiiií". La Tura anava a cridar els Mossos quan li hem recordat que, si trucava, li farien el mateix cas que si truqués Julián Muñoz des de la presó. Finalment hem pogut forçar el pany i allà estava, amb els pantalons als turmells, el conseller d'Interior. A la seva cara s'hi llegia el gust amarg del ridícul: el responsable de l'ordre a Catalunya havia provocat el desordre més gran que es recorda en aquell plató. Suposem que en aquest càrrec, el Saura encara està verd.

COMENTARIS 20

¿REPETIMOS?

***Posted by** Pasqui **13-02-07, 11:31 pm** Edit*

➜ Avui hem batut un rècord: el de repeticions d'una mateixa escena. Exactament dinou vegades són les que hem hagut de repetir-la. La causa no és altra que la fluixera que li entra al Toni quan una cosa li fa gràcia. O molta gràcia, per ser exactes. Ja el pots amenaçar dient que la Penya baixarà de categoria si no para de riure que no hi ha manera. Amb això del riure, a més, té un còmplice: l'Acebes. Oi que no ho diríeu mai? Un altre dia explicaré altres complicitats que tenen aquest parell. Al meu govern en tenia un que li passava el mateix: no podia acabar l'explicació d'un projecte del seu departament sense que li agafés un atac de riure. Vaig arribar a sospitar que es fumava alguna cosa abans d'entrar a la reunió. Al final me'l vaig fer petar aprofitant una remodelació de govern. Ara, per molt que jo hagi sigut en aquest país, el Toni és el director, i no me'l puc fer petar.

Ara que parlem d'atacs de riure, però, he de reconèixer que jo també he estat víctima d'un atac d'aquestes característiques. Amb el Toni, no cal dir-ho. Ens visitava en Montilla de veritat quan encara no era president però ja se sabia que seria el candidat (amb lo fàcil que és dir "quan encara era ministre d'Indústria"... No sé per què em complico tant la vida). Allà, al mig del plató, es va produir el primer encontre entre el Montilla real i el nostre Montilla. Veure'ls junts era com veure doble. L'escena la protagonitzàvem en Toni, els dos Montillas i un servidor. En un moment donat el Montilla real explicava un acudit per demostrar que no és tan sòmines com diuen els humoristes. Era un acudit dolentíssim, però es va brindar a explicar-lo sense manies. Després de l'acudit, segons el guió, en Toni i jo fèiem un apart i comentàvem la jugada. No hi va haver manera. Tot era veure al Pepe explicar aquell acudit a un pam de les nostres cares i descollonar-nos de riure encara a la mateixa distància. La feina va ser meva per excusar-me dient-li que encara rèiem d'un acudit explicat a l'hora de dinar.

Finalment ho vàrem gravar, i després del visionat que es fa de la gravació davant el convidat, vam sentir la veu tímida del "Monti" que deia: "Si voleu, ho repetim". Mentre li deia que no calia, el Toni va sortir corrents del plató, i jo el vaig haver de disculpar dient que el disculpés perquè se li havia posat malament el dinar.

COMENTARIS 56

QUÉ CABROOOOONS!

Posted by Pasqui 27-03-07, 09:51 pm Edit

➜ Estic rodejat d'enemics. Creia que al deixar el Tripartit això s'hauria acabat, però veig que encara tot segueix igual. Avui he acabat dels últims i, com sempre, he pujat a desmaquillar-me. M'he trobat en Mas que era allà assegut pel mateix. El cas és que, mentre em desmaquillaven, m'he adormit. Fa dies que vaig curt de son i no perquè la Diana em demani guerra, sinó perquè m'enganxo a aquests programes de la tele que regalen 6.000 euros a qui endevini, per exemple, el nom d'un actor espanyol enmig d'unes lletres desordenades com ara NOATNIO NABEDSAR. (Dic jo que deu ser el famós actor portuguès Toninao Debansar.) Una presa de pèl, però que em deixa clavat davant la tele com un estaquirot. El cas és que vaig a dormir a les tantes i tot el dia arrossego son. No és el primer dia que em quedo adormit però sí el primer que han marxat tots sense dir-me ni bona nit. Qué cabroooons! Allà m'he despertat que devien ser quarts de cinc de la matinada. Quan m'he vist sol he pensat que s'havien amagat per fer-me una brometa (a Palau m'ho havien fet més d'una vegada: en Nadal sempre s'amagava darrere la font del Pati dels Tarongers. Jo feia veure que no el veia i ell era feliç com una criatura). Tres quarts d'hora més tard he començat a sospitar que no era cap brometa sinó que havien marxat tots i m'havien deixat sol. Quin canguelo.

No us podeu imaginar el que és entrar en un plató a les fosques, amb un llumí a la mà, i començar a veure ombres que es desplacen a mesura que vaig avançamt. La cuina de l'Adrià, el cavall del Franco, el despatx del Rajoy, la sala d'estar dels prínceps, la perruca d'en Mas tirada per terra... Horrorós. No havia passat tanta por des que un dia va marxar la llum de la Generalitat. "És d'ells!", em va dir la Tura. Al parlar d'"ells" vaig pensar que es referia a ERC i no pas a FECSA. Va ser quan vaig decidir fer-me petar els consellers republicans amb l'excusa que demanaven el NO a l'Estatut. He d'intentar que no em passi més vegades això d'adormir-me a la mínima, perquè sinó podkgn aiocncanmkañ dnv asdagh gfaanf sdabjkl agdsklf dsavh cxcvczzzzzzzzzzzzzzzzzz zzzzzzzzzzzzzzzzzzzzzzzzzzzzzzzzzzzzzzzzzzzzzzzzzzzzzzzzzzzzz zzzzzzzzzzzzzzzzzzzzzzzzzzzzzzzzzzzzzzzzzzzzzzzzzzzzzzzzzzzzz zzzzzzzzz Perdó. M'he quedat adormit sobre el teclat. Visca Catalunya!

COMENTARIS 8

MAQUILLATGE
ACTORS RECONVERTITS
EN POLÍTICS

L'Agnès Busquets no és rossa, no té els ulls blaus i no té una mirada agressiva. Però gràcies a l'equip de maquillatge de *Polònia* pot fer de Mònica Terribas. L'Helena Fenoy, la Míriam Rueda, la Marta Bassols, l'Elisabeth Sánchez i el Moncho Pazos fan una feina ininterrompuda durant cada gravació maquillant i desmaquillant tants actors com faci falta. A la majoria d'ells els cal més d'una hora de feina perquè els posin a punt; pels actors, la llarga espera és un suplici que superen xerrant o dormint, segons els casos. Tots menys Sergi Mas, a qui li posen uns polvos blancs al cabell i ja està.

És el que a maquillatge es coneix com a "polvos ràpids". I és que el llenguatge en aquella sala s'allunya del que tots coneixem; allà parlen cada dia del màstic (que no és un equip de futbol de Tarragona) o de les calotes (que no carotes, això no és Força Barça). No explicarem a què es refereixen quan parlen d'això, perquè en realitat ningú ho sap, només ho fan veure. A continuació veurem en fotografies algunes d'aquestes prodigioses transformacions, i també veurem José Montilla maquillant-se de Sergi Mas. O era a l'inrevés?

QUECO NOVELL
PASQUAL MARAGALL

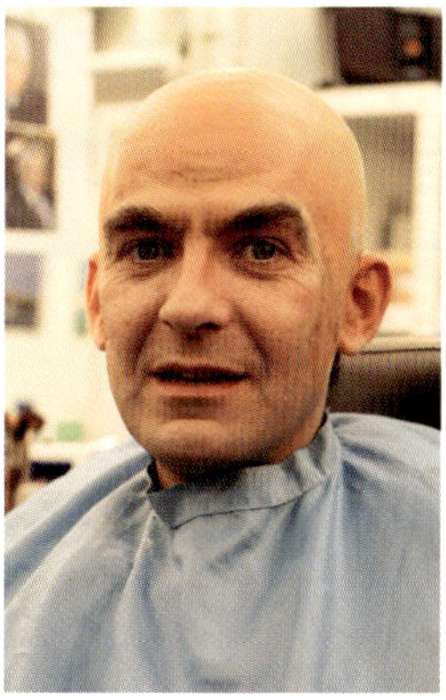

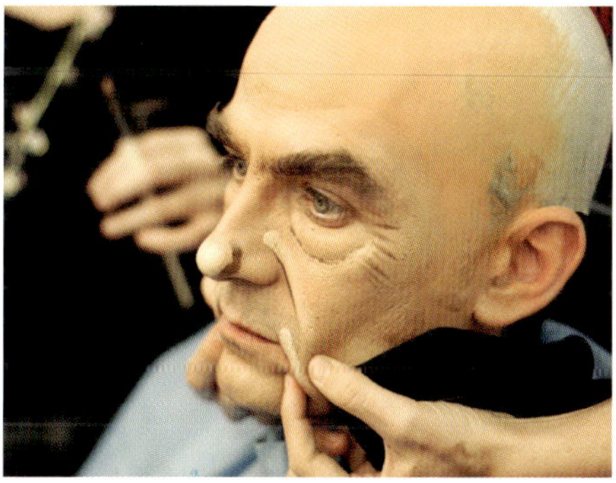

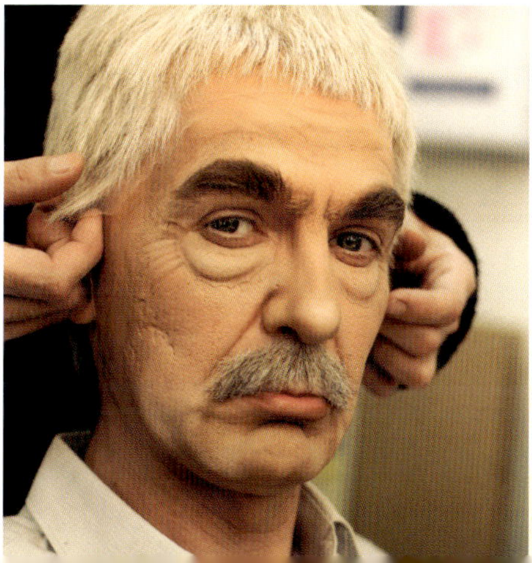

CESC CASANOVAS
FERRAN ADRIÀ

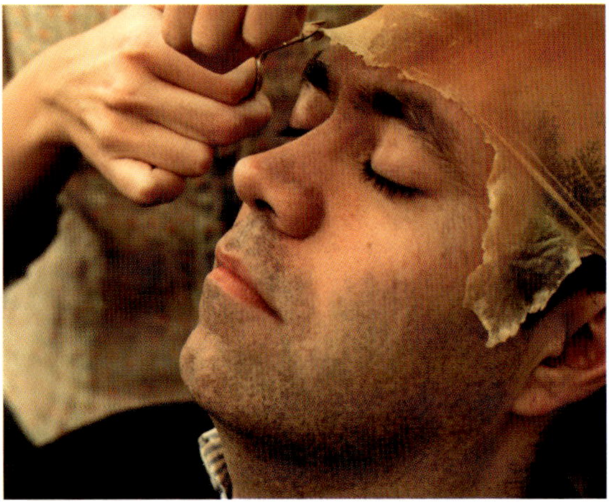

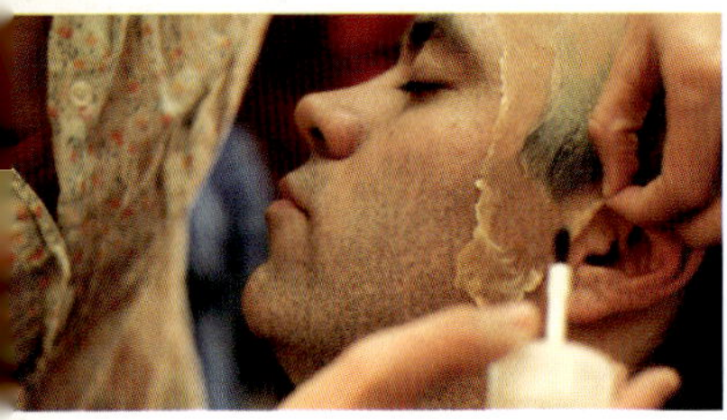

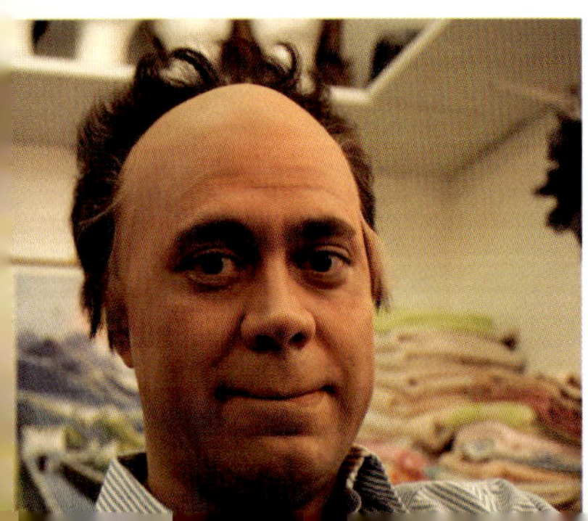

BRUNO ORO
ДЯТUЯ MДS

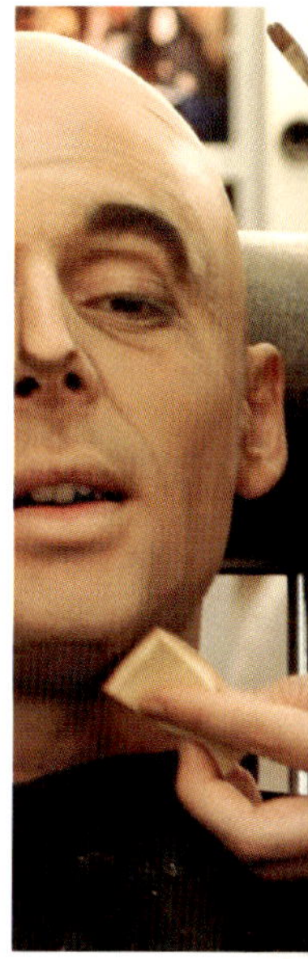

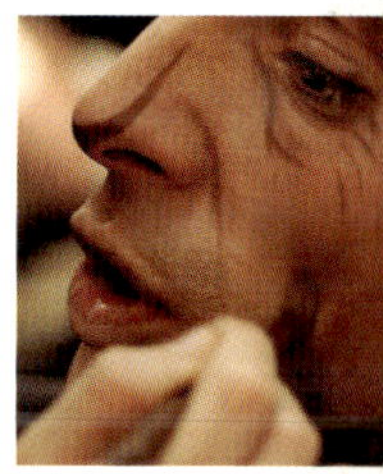

MANEL LUCAS
FЯДИCISCO FЯДИCO

TONI ALBÀ
ЯƐI

SERGI MAS
JØSÉ MØNTILLA

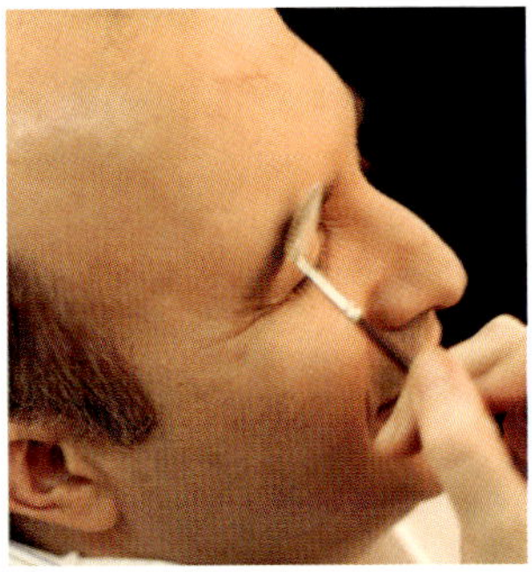

AGNÈS BUSQUETS
MÒNICA TERRIBAS

GEMMA DEUSEDES
MONTSERRAT TURA

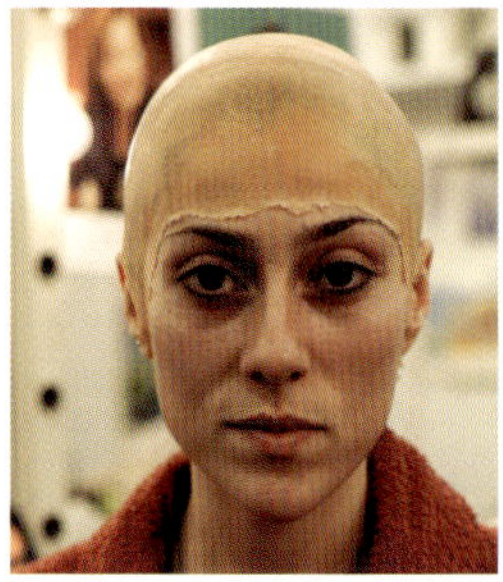

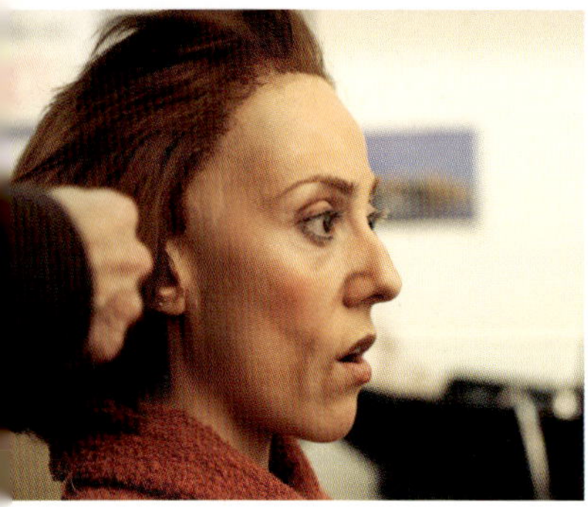

RETALLS DEL
POLÒNIA

foto: Anna Pujol

Dissenyant el model que Montserrat Tura va lluir per Cap d'Any.

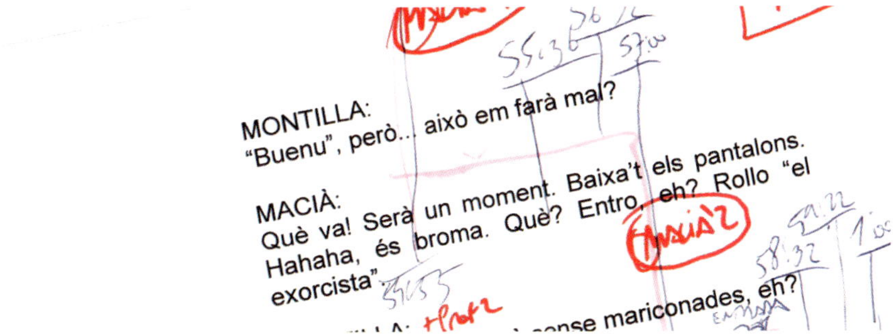
MONTILLA:
"Buenu", però... això em farà mal?

MACIÀ:
Què va! Serà un moment. Baixa't els pantalons. Hahaha, és broma. Què? Entro, eh? Rollo "el exorcista".

...nse mariconades, eh?

Com fer entrar un fals Papa a dins de l'autèntica Capella Sixtina.

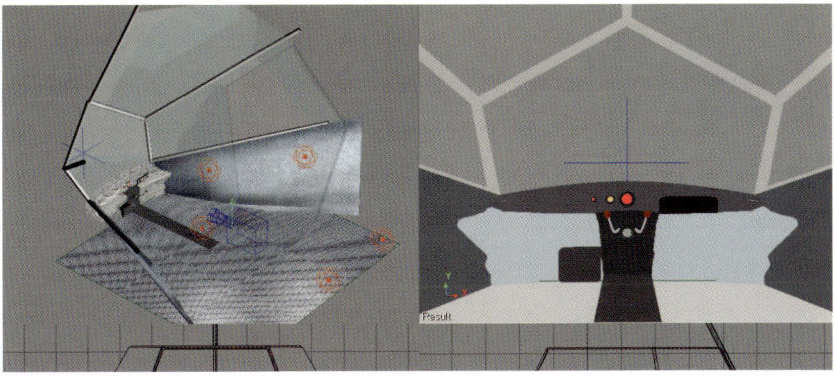

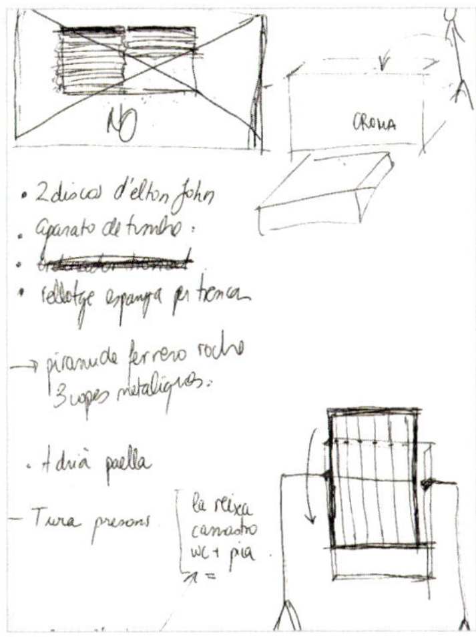

Notes d'atrezzo per simular que Puigcercós es tira per una finestra.

No és lletra de metge; és lletra de guionistes, que caldrien ser visitats per metges.

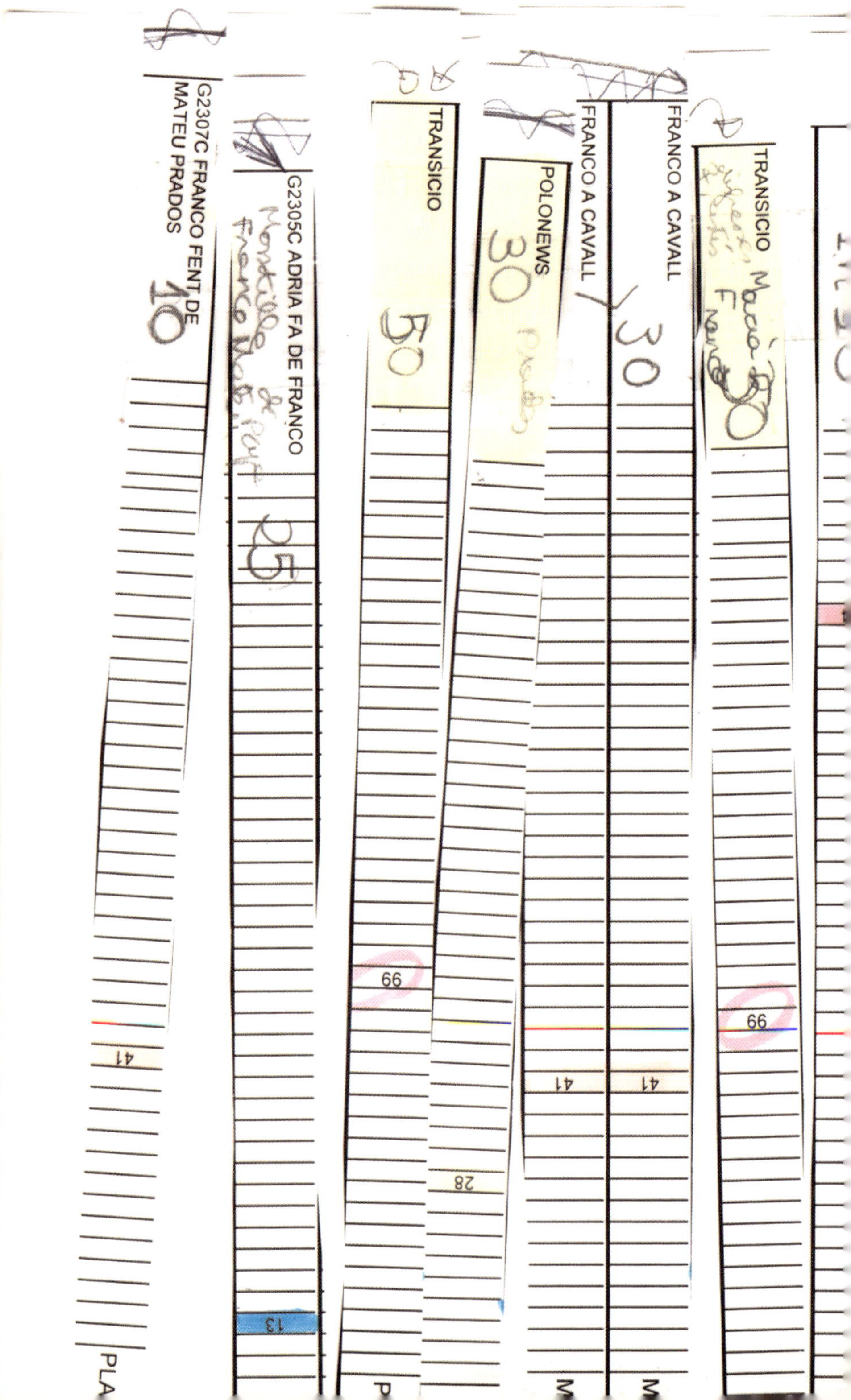
G2307C FRANCO FENT DE MATEU PRADOS
G2305C ADRIA FA DE FRANCO
TRANSICIO
POLONEWS
FRANCO A CAVALL
FRANCO A CAVALL
TRANSICIO

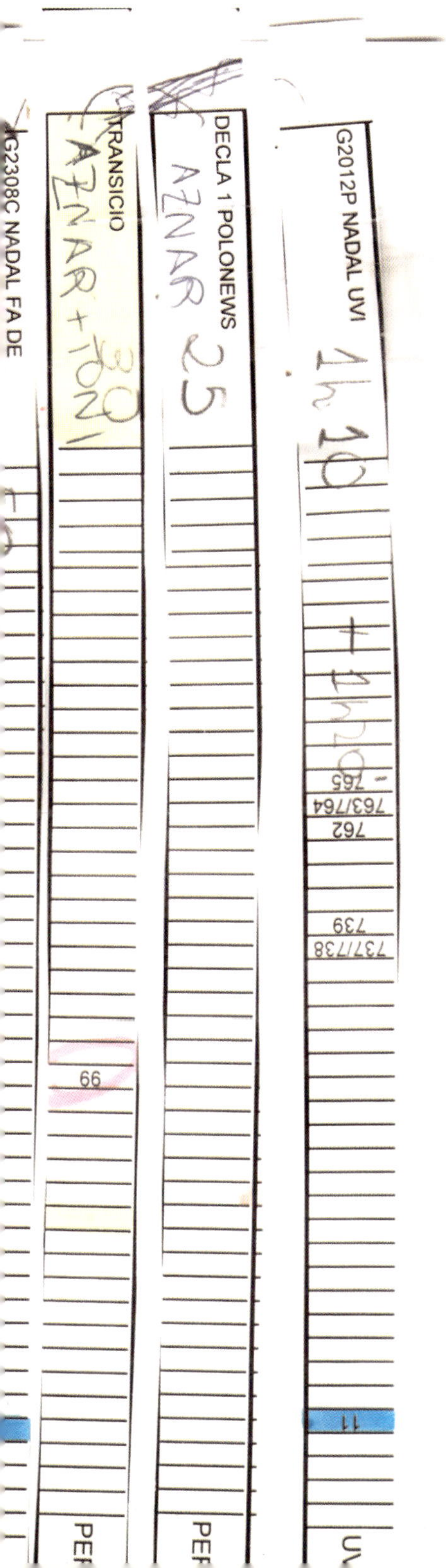

Planificació artesanal d'una jornada de rodatge.

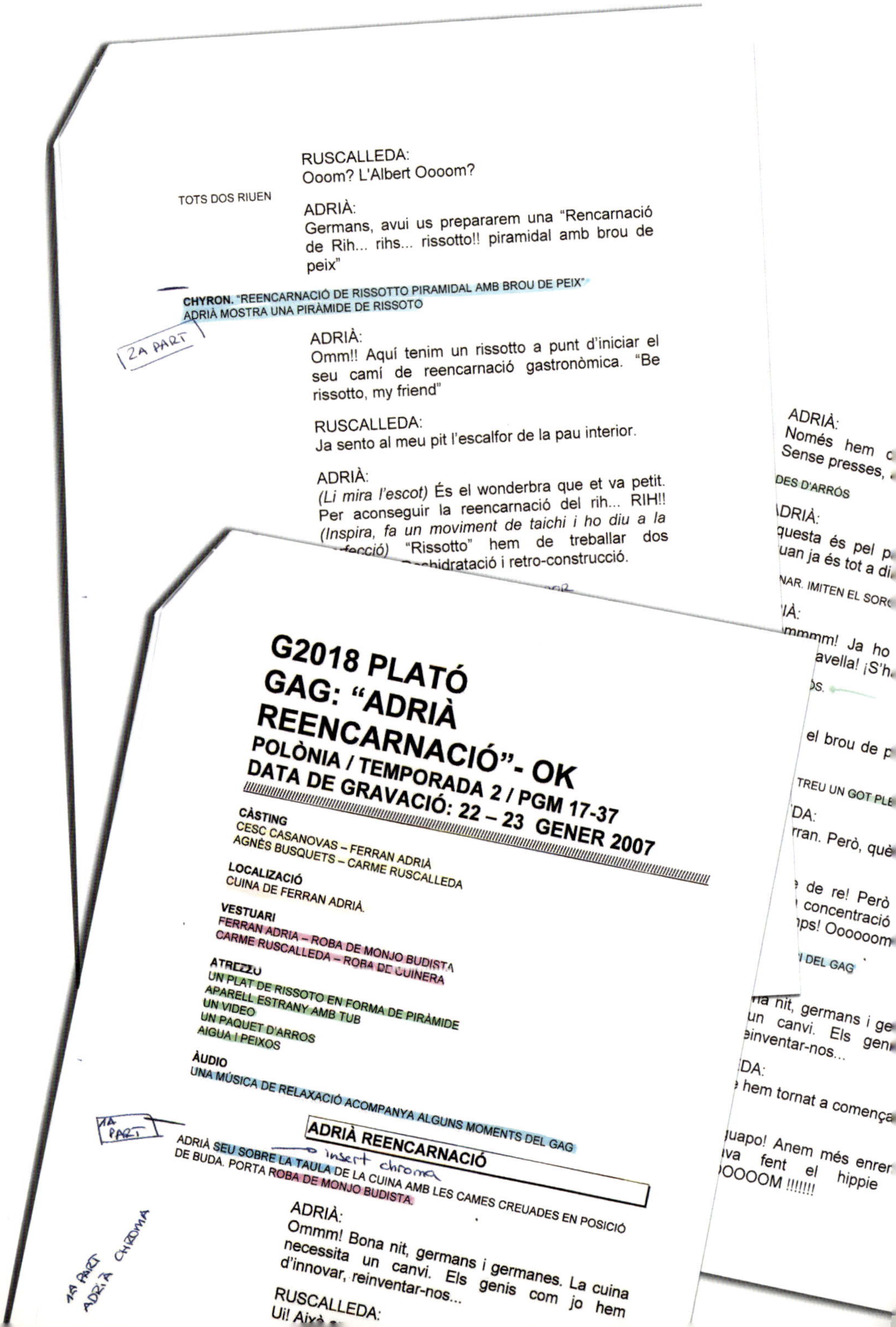
RUSCALLEDA:
Ooom? L'Albert Oooom?

TOTS DOS RIUEN

ADRIÀ:
Germans, avui us prepararem una "Rencarnació de Rih... rihs... rissotto!! piramidal amb brou de peix"

CHYRON. "REENCARNACIÓ DE RISSOTTO PIRAMIDAL AMB BROU DE PEIX"
ADRIÀ MOSTRA UNA PIRÀMIDE DE RISSOTO

2A PART

ADRIÀ:
Omm!! Aquí tenim un rissotto a punt d'iniciar el seu camí de reencarnació gastronòmica. "Be rissotto, my friend"

RUSCALLEDA:
Ja sento al meu pit l'escalfor de la pau interior.

ADRIÀ:
(Li mira l'escot) És el wonderbra que et va petit. Per aconseguir la reencarnació del rih... RIH!! *(Inspira, fa un moviment de taichi i ho diu a la perfecció)* "Rissotto" hem de treballar dos ...hidratació i retro-construcció.

G2018 PLATÓ
GAG: "ADRIÀ REENCARNACIÓ"- OK
POLÒNIA / TEMPORADA 2 / PGM 17-37
DATA DE GRAVACIÓ: 22 – 23 GENER 2007

CÀSTING
CESC CASANOVAS – FERRAN ADRIÀ
AGNÈS BUSQUETS – CARME RUSCALLEDA

LOCALIZACIÓ
CUINA DE FERRAN ADRIÀ

VESTUARI
FERRAN ADRIÀ – ROBA DE MONJO BUDISTA
CARME RUSCALLEDA – ROBA DE CUINERA

ATREZZO
UN PLAT DE RISSOTO EN FORMA DE PIRÀMIDE
APARELL ESTRANY AMB TUB
UN VIDEO
UN PAQUET D'ARROS
AIGUA I PEIXOS

ÀUDIO
UNA MÚSICA DE RELAXACIÓ ACOMPANYA ALGUNS MOMENTS DEL GAG

1A PART

ADRIÀ REENCARNACIÓ

ADRIÀ SEU SOBRE LA TAULA DE LA CUINA AMB LES CAMES CREUADES EN POSICIÓ DE BUDA. PORTA ROBA DE MONJO BUDISTA.
→ insert chroma

1A PART ADRIÀ CHROMA

ADRIÀ:
Ommm! Bona nit, germans i germanes. La cuina necessita un canvi. Els genis com jo hem d'innovar, reinventar-nos...

RUSCALLEDA:
Ui! Això...

GAG:
POLÔNIA
DATA DE

Al llarg de la setmana, els guionistes arribem a escriure entre 15 i 20 guions. No tots s'arriben a gravar, i els motius són variats:

- perquè són dolents;
- perquè són bons, però el Toni, que és qui té la darrera paraula, els troba dolents;
- perquè no els entenem ni nosaltres mateixos;
- perquè es perden en alguna subcarpeta de l'ordinador;
- perquè no podem gravar-los.

En aquesta darrera categoria és on entren els gags que us mostrem a continuació. Gags que consideràvem bons (fins i tot, el Toni), que els enteníem, que teníem localitzats a l'ordinador, però que no s'han arribat a gravar mai. Són aquests:

- Dos gags sobre els retards dels trens de rodalies, que volíem gravar al Museu del Ferrocarril de Vilanova. Aquesta institució depèn de la RENFE, que, finalment, no ens va donar permís. A més, ho va comunicar amb retard: dos dies abans de gravar-los, quan tot l'equip ja estava preparat.

- Un *cameo* previst per Oleguer Presas. Teníem el contacte fet i el guió escrit, però no es va poder gravar perquè va tenir un final de temporada bastant okupat. Ens va saber greu, però una Lliga i una Champions s'ho fan perdonar...

- Un fantàstic gag del Ferran Adrià i el Mindundi. Als guionistes els agradava, però realització es va amotinar per la complexitat del gag. És una llàstima, perquè l'equip de realització és molt bo, però mai ha sabut apreciar la bona cuina...

- Un gag sobre les trucades i les confusions per formar govern després de les darreres eleccions. Es veu que els polítics reals ho tenien bastant més clar que nosaltres, perquè es va reeditar el Tripartit abans que el poguéssim gravar.

- Dos gags sobre les negociacions amb ETA que van saltar pels aires juntament amb el pàrquing de la T4 de Barajas.

GAG: RENFE - ENAMORATS

POLÒNIA / TEMPORADA 2 / PGM 10
DATA DE GRAVACIÓ: DIVENDRES 24.11.2006

//

CÀSTING
NOI
NOIA
VEU MEGAFONIA

LOCALITZACIÓ
EXT. ESTACIÓ DE TRENS.

ANDANA D'UNA ESTACIÓ. EL TREN ATURAT, A PUNT DE SORTIR.
UN NOI I UNA NOIA S'ACOMIADEN PER MOLT DE TEMPS.

NOIA:
Em tremolen les cames.

NOI:
Has de ser valenta...

NOIA:
M'escriuràs?

NOI:
Cada dia.

NOIA:
Pensaràs en mi?

NOI:
Cada segon.

LA NOIA DEFALLEIX I SEMBLA QUE ES POSI A PLORAR. SONA UN XIULET DE TREN.

NOI:
Me'n vaig. No vull allargar més aquesta agonia...

LA NOIA LI FA UN PETÓ LLARG AL NOI. PUJA AL TREN I QUEDA DRETA ALS GRAONS DEL TREN, ABOCANT EL COS. ES DÓNA LA MÀ AMB EL SEU ENAMORAT.

FINALMENT, EN UN GEST PLE DE DRAMATISME, ES DU EL DORS DE LA MÀ AL FRONT I GIRA LA CARA PER NO AFRONTAR L'IMMEDIAT DESTÍ.

DE COP I VOLTA, QUAN ESTÀ EN AQUEST GEST, SONA LA MEGAFONIA DE L'ESTACIÓ. ELS ENAMORATS QUEDEN IMMÒBILS ESCOLTANT.

MEGAFONIA:
Tin tun tan! Senyors passatgers, Renfe els informa que el tren en destinació Portbou sortirà amb retard. Disculpeu les molèsties.

EL NOI TORÇA EL GEST. LA NOIA SOMRIU.

NOIA:
Que bé, no? Aprofitem els segons que ens queden...

EFECTE PAS DEL TEMPS.

ELS DOS ENAMORATS CONTINUEN EN LA MATEIXA POSICIÓ (ELLA ALS ESTREPS I ELL A L'ANDANA), AMB LA MÀ AGAFADA, PERÒ AMB ACTITUD MENYS APASSIONADA.

EL NOI LI DEIXA ANAR LA MÀ PER MIRAR L'HORA DEL RELLOTGE. LA NOIA APROFITA PER EIXUGAR-SE DE SUOR LA MÀ. DESPRÉS, SE LA TORNEN A DONAR.

NOIA:
T'enyoraré molt. M'escriuràs, no?

NOI:
Que siiiiiií.

ABANS QUE EL NOI RESPONGUI, SONA LA MEGAFONIA.

MEGAFONIA:
Tan tun tun. Renfe continua informant que continua el retard. Continuïn esperant...

NOI:
Una vergonya. UNA VERGONYA! Això és intolerable!

NOIA:
Ai, no passa res. Així estem més temps junts. Digues, pensaràs en mi?

NOI:
Home, per força: si no em deixes ni respirar...

LA NOIA ES QUEDA PANSIDA, LA POBRA.

EFECTE PAS PEL TEMPS.
CONTINUEN EN LA MATEIXA POSICIÓ, PERÒ AMB ACTITUD DE CANSAMENT. LA NOIA ES RECOLZA CONTRA LA PORTA. EL NOI MIRA A TERRA.

MEGAFONIA:
Tun tun tun. Renfe informa que a partir d'ara els retards seran informats amb retard.

NOI:
Sí, home! El que faltava!

NOIA:
Ai, Jordi, per què et poses tan nerviós?

NOI:
Perquè ja portem a peu dret dues hores...

NOIA:
Però així estem junts. Que tens pressa?

NOI:
(*Dolgut*) Doncs podria estar mirant el futbol, que tothom ja està al bar...

NOIA:
Ah, prefereixes anar a mirar el futbol amb els amics?

NOI:
(*Indignat*) Home, abans d'estar aquí perdent el temps!

NOIA:
Ah, doncs vés-te'n.

NOI:
Bueeeno, ja que m'ho demanes... (*Surt*) Ja t'enviaré un SMS o alguna cosa. Adéu.

EL NOI SE'N VA. LA NOIA ES QUEDA PLORANT.

MEGAFONIA:
Renfe informa que no val la pena plorar. Hi ha milers d'homes esperant... (*La noia mira amunt, estranyada*)... Ehem. Continua el retard.

GAG: RENFE - VINTAGE

POLÒNIA / TEMPORADA 2 / PGM 10
DATA DE GRAVACIÓ: DIVENDRES 24.11.2006

//

CÀSTING

NOI	DAVID OLIVARES
NOIA	AGNÈS BUSQUETS
SENYOR	CESC CASANOVAS
SENYORA	GEMMA DEUSEDAS
FILLA (MAÇANET)	LULÚ PALOMARES
EXTRES	10 FIGURANTS

LOCALITZACIÓ
EXTERIOR – ANDANA ESTACIÓ.

AMBIENTACIÓ
MALETES ANTIGUES.
FARCELLS.

VESTUARI
EL NOI I LA NOIA DE L'ANDANA, NORMAL.
LA FAMÍLIA, VESTITS D'ANYS 50 NO LUXOSOS.

GRAFISME. TITULAR DE DIARI: NOUS RETARDS A LA XARXA DE RODALIES.

UNA ANDANA D'UNA ESTACIÓ. PASSATGERS TIRATS A TERRA, ESPERANT. SONA LA MEGAFONIA I TOTS MIREN AMUNT, ESPERANT LA NOTÍCIA QUE FA HORES QUE NO ARRIBA.

MEGAFONIA:
Tin tun tin. Renfe els indica que finalment hem solucionat l'avaria i que el tren amb destinació l'Hospitalet farà entrada a la via 1.

ELS PASSATGERS S'AIXEQUEN, REMUGANT COM DIENT "JA ERA HORA".

DE COP I VOLTA, VEUEN ARRIBAR UN TREN ANTIC, D'ÈPOCA. ELS PASSATGERS POSEN CARA DE PERPLEXITAT.

EL TREN S'ATURA. UN NOI I UNA NOIA ESPEREN QUE S'OBRIN LES PORTES.

QUAN HO FAN, APAREIX UNA FAMÍLIA SORTIDA DELS ANYS 50.

UN SENYOR ACOTA AL CAP I PREGUNTA A LA GENT.

SENYOR:
Perdó, això és Montcada-Bifurcació?

NOI:
Sí.

EL SENYOR ES GIRA I CRIDA A LA FAMÍLIA.

SENYOR:
Vinga, podem baixar.

EL NOI I LA NOIA ELS AJUDEN A BAIXAR. SURT UNA DONA AMB UN FARCELL DE QUADRATS CARREGAT A L'ESQUENA. I UNA NOIA D'UNS 30 ANYS , UNA MICA ATURADA I ULLERES GRUIXUDES.

SENYOR:
(*A la filla*) Noia, fixa-t'hi bé. Per fi coneixeràs Catalunya!

DONA:
Ja era hora. El lavabo està espatllat i no aguanto més.

ALGUNS PASSATGERS ELS AJUDEN A BAIXAR MALETES I FARCELLS.

NOIA:
Quant fa que estan tancats?

SENYOR:
Vam pujar a Granollers el... (*Fent memòria*) 1954!

SENYORA:
(*Corregeix*) El 55, que ens acabàvem de casar!

SENYOR:
Això. I sortint de l'estació el tren es va aturar, fins avui, que s'ha engegat.

SENYORA:
I durant l'espera, vam tenir-la a ella, la Maçanet.

FILLA:
Maçanet - Massanes, per servir-los.

JA HAN RECUPERAT TOTS ELS FARCELLS I SE'LS CARREGUEN.

SENYOR:
Això dels trens és un escàndol. El Governador Civil hauria de queixar-se a Madrid.

NOI:
Governador civil? Voldrà dir el president de la Generalitat!

EL SENYOR I LA SENYORA REACCIONEN.

SENYOR:
Això vol dir que... (*Pregunta amb por*) és veritat això que diuen que Franco està mort?

NOI:
Franco? El de les monedes? Sí, i tant.

SENYOR:
Òndia, quina alegria.

SENYORA:
És que aquesta companyia és un desastre. Ningú t'informa de res.

COMENCEN A ANAR-SE'N PER L'ANDANA.

SENYOR:
Filla, no saps la sort que has tingut. T'has estalviat el Franco! Mira, mira que bé que es viu amb una República!

GAG OLEGUER PRESAS-OK

POLÒNIA / PGM
DATA DE GRAVACIÓ:

//

CÀSTING

OLEGUER PRESAS
LLUÍS LLACH
MARAGALL
MAQUILLADORA
MANEL LUCAS
QUECO NOVELL
AGNÈS BUSQUETS

LOCALITZACIÓ

TRANSICIÓ ENTRE DECORATS.

VESTUARI

HABITUAL EN LLUÍS LLACH I MARAGALL.

LLACH I OLEGUER CAMINEN ENTRE ELS DECORATS.

LLUIS LLACH:
Ja saps que em retiro, oi, Oleguer? Doncs estic atuït i neguitós perquè no sé qui serà ara la veu del poble. Tu no podries?

OLEGUER:
Mira, Lluís, els defenses hem d'intentar cantar poc. A més, el poble ha de parlar amb la seva pròpia veu.

LLUÍS LLACH:
Com quan canten "A por ellooooos" als camps de futbol? És que la gent desafina molt... Escolta, saps quan vas dir "Seguirem caminant cap a Ítaca"?

OLEGUER:
Sí.

LLUÍS LLACH:
Doncs jo me n'hi vaig. Caminant no, eh? En avió. Amb l'Imserso.

OLEGUER:
Però jo em referia a Ítaca com a idea.

LLUÍS LLACH:
Doncs jo em refereixo a Ítaca com a una setmana en hotel de 4 estrelles, a primera línia de mar i amb camp de golf. Ara està baratíssim anar-hi. Amb escala a Atenes, això sí.

ENTRA MARAGALL I AGAFA LLUÍS LLACH PER LES ESPATLLES MENTRE OLEGUER SIGNA L'AUTÒGRAF.

MARAGALL:
Hola, Lluís, necessito consellers... Vols ser conseller de cultura?

LLACH:
No puc. És que me'n vaig de viatge a Ítaca!

MARAGALL:
Quan?

LLACH:
Ja!! He d'esperar que el camí sigui llarg.

LLACH S'ESFUMA I MARAGALL, CONTRARIAT, AGAFA OLEGUER PER BANDA.

MARAGALL:
Hola, campió! He pensat que com que sempre estàs al camp, no t'agradaria ser conseller d'agricultura?

OLEGUER:
Ho sento, President, però jo sóc defensa...

MARAGALL:
Doncs, conseller de defensa. Et deixaria ocupar Montjuïc.

ALGÚ TIRA UNA PILOTA DE FUTBOL I OLEGUER L'AGAFA AMB LA MÀ.

OLEGUER:
Ho sento, President, però és que...
tinc un partit...

OLEGUER MARXA. MARAGALL MIRA COM MARXA OLEGUER.

MARAGALL:
Quina enveja! Com m'agradaria a mi tenir un partit...

GAG: "ADRIÀ GELAT"

POLÒNIA / PGM 16
DATA DE GRAVACIÓ: DIMARTS 30.6.2006

//

CÀSTING

FERRAN ADRIÀ
MINDUNDI
CESC CASANOVAS
ROGER DE GRÀCIA

LOCALITZACIÓ

CUINA DE FERRAN ADRIÀ.
CHROMA PER LA SEGONA PART DEL GAG.

VESTUARI

FERRAN ADRIÀ – ROBA DE CUINER.
PINCHE – ROBA D'AJUDANT DE CUINA.

ATREZZO

SAFATA DE FRUITA VARIADA: TARONJA, LLIMONA, PINYA, PLÀTAN, PRÉSSEC, RAÏM.
POT DE XAMPÚ DEL CABELL.
COMANDAMENT A DISTÀNCIA.
SIFÓ QUE FUNCIONI.
ALGUN SUC DE COLOR PER OMPLIR EL SIFÓ.
4 GELATS D'ATREZZO (DE PAL DE FUSTA) I UN DE REAL.
PAL DE FUSTA DE GELAT.
LES DIFERENTS IMATGES DE VÍDEO ESPECIFICADES.

ADRIÀ:

Que pasja, família? Sóc Ferran Adrià i vosaltres no. Aquest és el Jordi, el meu mindundi personal, que fa tot el que jo li mano. Mindundi, fes 20 flexions!! Ara mateix!!

MINDUNDI:
No vull!!

ADRIÀ:
Com? Goses desafiar-me?

MINDUNDI:
És que el meu codi diu que puc desobeir ordres absurdes.

ADRIÀ:
El teu codi? Tu tens un codi?

MINDUNDI:
Clar! El Codi de Pinche!

EL MINDUNDI MOSTRA EL LLIBRE.

ADRIÀ:
Ha ha ha ha ha!! Prou!! Arriba l'estiu, torna la caloreta i per això prepararem una cosa ben fresca. "Gelat de Tutti Frutti Carbònic a la pausa de VTR"

CHYRON.
"GELAT DE TUTTI FRUTTI CARBÒNIC A LA PAUSA DE VTR".

ADRIÀ:
Per començar necessitarem totes les fruites que puguem aconseguir, totes les fruites....

PINCHE:
És clar, totes les fruites: tutti frutti!

MOSTREN UNA SAFATA PLENA DE FRUITES.

ADRIÀ:
Les anirem posant dins d'aquest sifó...

EL PINCHE LI PASSA FRUITES A L'ADRIÀ, QUE LES POSA DINS DEL SIFÓ. NO DONEN IMPORTÀNCIA AL FET QUE UNA PINYA SIGUI MOLT MÉS AMPLA QUE EL RECIPIENT.

ADRIÀ:
Volem un gelat molt nutritiu i li afegirem una mica d'això...

L'ADRIÀ TREU AMPOLLA DE XAMPÚ PEL CABELL.

PINCHE:
Xampú pel cabell?

ADRIÀ:
I tant. Està carregat de vitamines. Mira, mira.. Vitamina A, C, D, E i B-12. I minerals!!

PINCHE:
Coure, calci, fòsfor, potassi, aluminosi... de tot...

ADRIÀ:
Apa doncs, un bon rajolinet…

LI POSEN XAMPÚ A DISTÀNCIA COM SI FOS SIDRA.

ADRIÀ:
I ja ho tenim tot ben barrejadet...

EL MINDUNDI, D'AMAGAT, BEU A MORRO DEL XAMPÚ.

TALL.

ADRIÀ:
Tenim les fruites al sifó i arriba el moment més important. El clímax!! Nen, (*li passa el sifó*) té això. Jo haig d'agafar el comandament!! (*Adrià agafa el comandament)* Quan et digui, dispares quatre "xorros" de suc a l'aire. Entesos? Ara!!

EL PINCHE DISPARA A L'AIRE, L'ADRIÀ APUNTA AMB EL COMANDAMENT I PREM UN BOTÓ.

EFECTE DE POSTPRODUCCIÓ.
ELS QUATRE RAIGS QUEDEN FLOTANT A L'AIRE.

PINCHE:
Increïble!

ADRIÀ:
Lògic. Els he congelat amb la pausa del vídeo. Com que estem a la tele, puc fer-ho. Apa, posa'ls el palet de fusta i ja tindrem els "gelats de Tutti Frutti carbònic a la pausa de vídeo".

EL PINCHE POSA PALETS DE FUSTA ALS GELATS CONGELATS A L'AIRE.

TALL.

JA TENEN ELS GELATS EN UNA SAFATA I EL PINCHE N'ESTÀ MENJANT UN.

PINCHE:
I amb això pots congelar el que vulguis?

ADRIÀ:
Sí. A tu mateix et puc congelar, tirar endavant, rebobinar...

L'ADRIÀ PREM BOTONS I ES VEU EL PINCHE EN "PAUSE", ACCELERAT ENDAVANT I ENDARRERE. (L'ADRIÀ NO CANVIA DE POSTURA PER TAL QUE TOTES AQUESTES ACCIONS NO L'AFECTIN.)

PINCHE:
I per què no ho rebobines fins al matí? Així podem veure la Melero...

ADRIÀ:
I per què no? Som-hi. Agafa't fort.

EL PINCHE S'ABRAÇA A L'ADRIÀ

SEGONA PART AL CHROMA
L'ADRIÀ ES POSA A REBOBINAR AMB EL COMANDAMENT A DISTÀNCIA. ES REBOBINA LA SEVA CUINA, DESAPAREIX I ELS VEIEM INSERITS EN UN FRAGMENT D'"EL TEMPS" REBOBINANT.

ADRIÀ:
Mira, demà plourà. No podrem fer la costellada deconstruïda.

FRAGMENT REBOBINANT EL "TN VESPRE".

PINCHE:
Ei, Caelles!!

FRAGMENT REBOBINANT "LA CUINA DE L'ISMA".

ADRIÀ:
Home! L'Isma Prados... amb compte que se't farà massa el llobarro! Dóna-li la volta...

FRAGMENT REBOBINANT "TN MIGDIA".
ARRIBEN A "ELS MATINS AMB TV3".

PINCHE:
Para, para... que ja hem arribat... mira, mira... la Melero... quina dona...

DESAPAREIX LA IMATGE I ES TROBEN AMB EL CHROMA VERD.

PINCHE:
Hojti!

ADRIÀ:
Un puré de verdures gegant!! Anem a provar-lo!

S'ENCLASTEN TOTS DOS CONTRA EL CHROMA. ES QUEIXEN DEL COP. TALLEM PER ANAR A TRANSICIÓ O A FINAL DE PROGRAMA.

GAG TRUCADES PACTES

POLÒNIA / TEMPORADA 2
DATA DE GRAVACIÓ: DIVENDRES 24.11.2006

//

CÀSTING

ARTUR MAS	BRUNO ORO
MONTILLA	SERGI MAS
ZP	QUECO NOVELL
CAROD	XAVI NOMS
PUIGCERCÓS	CESC CASANOVAS
PIQUÉ	XAVI SERRANO
DURAN I LLEIDA	XAVI SERRANO
JOAN SAURA	CESC CASANOVAS

LOCALITZACIÓ

DIVERSOS DESPATXOS.

AMBIENTACIÓ

DIVERSOS TELÈFONS, TANT FIXOS COM MÒBILS.
UNES TISORES GRANS.
DARDS.
UN RETOLADOR.
UN ENCENEDOR.
UNA FOTO DE ZAPLANA (EL NOSTRE).

MULTIPANTALLES.
DESPATX D'ARTUR MAS. AGAFA EL TELÈFON I TRUCA.

PANTALLA PARTIDA I
DESPATX DE MONTILLA. SONA EL TELÈFON I L'AGAFA.

MAS:
Montilla! Soy el Mas! Oye, hemos de hablar!

MONTILLA:
Arturu, podes hablarme en català. Sóc tot oídus.

MAS:
Ah, d'acord. Doncs volia parlar-te d'un pacte...

SONA UN ALTRE TELÈFON DE MONTILLA. VEIEM QUE EL QUE TRUCA ÉS SAURA.

MONTILLA:
...Un moment, Mas. Sí?

SAURA:
Montilla, sóc el Joan. Quan quedem per signar el tripartit? Perquè suposo que no se t'acudirà fer cas de les propostes del Mas...

LI SONA UN TERCER TELÈFON A MONTILLA. POT SER UN MÒBIL. MONTILLA L'AGAFA.

VEIEM QUE ÉS ZAPATERO.

ZP:
Pepe. Hola: ¡Apoyaré los pactos que decida el PSC! Por cierto, mañana he reservado mesa para cenar, tú, yo, y Artur Mas, con las mujeres.

MONTILLA TÉ AQUEST TELÈFON A LA MÀ, I EL DEL SAURA A L'ALTRA, PER ON SE SENT ENCARA LA VEU DEL LÍDER D'ICV.

MONTILLA:
Ya, pero, ¿quién invita?

SAURA:
(*De fons i per so telefònic*) Pepe! Amb qui parles? T'estic sentint! No m'enganyis!

MAS TÉ EL TELÈFON DE MONTILLA AMB UNA MÀ, I AGAFA UN ALTRE TELÈFON AMB L'ALTRA MÀ

MAS:
Doncs Pepe, jo crec que està clar que ens hem de posar d'acord. I tu? (*S'allunya aquest telèfon de l'orella sense esperar la resposta, i marca un número amb l'altra*)

IMATGE DE LA SEU D'ERC. CAROD I PUIGCERCÓS ASSEGUTS EN UNA TAULA, AMB UN TELÈFON AL MIG DE TOTS DOS.

CAROD:
Jo, Puigcercós, no penso córrer darrere de ningú. Si volen, ja trucaran.

PUIGCERCÓS:
Per favó, per favó. A ningú se li escapa que tenen ells més interès que nosaltres a pactar.

SONA EL TELÈFON, I TOTS DOS S'ABRAONEN COM FERES AL DAMUNT.

CAROD-PUIGCERCÓS:
Sí! Hola! D'acord! Pactem! Qui ets?

MAS, QUE CONTINUA AMB EL TELÈFON DE MONTILLA EN UNA MÀ, I ARA TÉ EL D'ERC A L'ALTRA, COMENÇA A PARLAR.

MAS:
Carod! Sóc el Mas. Volia dir-vos que... (*La*

comunicació s'ha tallat)... Ei! Carod? Puigcercós? Ostres, s'ha tallat!

VEIEM ELS D'ERC ENGANXATS TOTS DOS A L'AURICULAR, QUE TAMBÉ NOTEN EL TALL DE LA COMUNICACIÓ.

CAROD:
Artur!

PUIGCERCÓS:
Mas!

CAROD:
S'ha tallat!

PUIGCERCÓS:
Hosti, amb el Mas sempre passa igual, sigui la línia, sigui l'Estatut. Espectaculà.

TORNEM A DESPATX DE MAS: DE SOTA LA TAULA APAREIX EN DURAN AMB UNES TISORES I EL CABLE TELEFÒNIC TALLAT.

MAS:
Duran!

DURAN:
Sí, he tallat el cable. Tu no parlaràs amb aquests eixelebrats d'Esquerra mentre jo sigui viu.

MAS ES TREU UN MÒBIL DE LA BUTXACA.

MAS:
Ja ho veurem.

DESPATX DE PIQUÉ. ESTÀ TIRANT DARDS A UNA FOTO DE ZAPLANA (EL NOSTRE). LI SONA EL TELÈFON. ES POSA MOLT CONTENT.

PIQUÉ:
Sí? Hola? Home, Artur! Quina alegria! Ja sabia jo que al final... Què? T'has equivocat? Ja, és clar, lo del notari va ser un gran error. Ah, que t'has equivocat de número... No, escolta...

TUT-TUT-TUT DE FINAL DE COMUNICACIÓ.
SAURA CONTINUA PARLANT AMB MONTILLA.

SAURA:
I el quart cinturó no el volem, però si posem contenidors de reciclatge a les voreres, podem parlar-ne. I de la línia d'alta tensió, doncs mira, què vols que et digui?...

MONTILLA FA CARA D'AVORRIMENT.

MONTILLA:
Sí, sí, sí, sí... (*Penja l'auricular d'un penjarobes i s'aparta. Agafa el mòbil. Encara hi ha el ZP parlant*)

TORNA A APARÈIXER ZP.

ZP:
Pero sobre todo, tú decides. Ah, por cierto, el fin de semana vamos a venir a Port Aventura María Teresa y yo. Hemos quedado con Artur. ¿Te apuntas?

MONTILLA TAMBÉ APARTA AQUEST MÒBIL, I AGAFA UN NOU TELÈFON, PER MARCAR UN NÚMERO.

TORNEM A VEURE PIQUÉ. ESTÀ PINTANT ORELLES DE RUC A LA FOTO DE ZAPLANA. SONA EL TELÈFON.

PIQUÉ:
Sí? Hola? Home, Montilla! Com estàs? Què, t'has cansat d'aquests nacionalistes que... Ah, que t'has equivocat. Però... ja, de número. I...

TUT-TUT-TUT...
TORNEM A VEURE MONTILLA AMB UN TELÈFON.

MONTILLA:
Sí? Hola, Carod! Ah, Puigcercós! Ah, no, Carod! Puigcercós... Sí, Carod... Puigcercós... Carod... ei? Ei?

SEU D'ERC: CAROD I PUIGCERCÓS ES DISPUTEN EL TELÈFON, FINS QUE LI ARRENQUEN EL CABLE.

PUIGCERCÓS:
Josep-Lluís, ets un ruc! Un gran líder nacional, però un ruc!

CAROD:
I tu, capsigrany, per culpa teva ens quedarem a l'oposició! Ei, que a mi no m'importa, eh?

PUIGCERCÓS:
Doncs a mi, menys.

CAROD:
No, a mi, menys.

PUIGCERCÓS:
A mi.

ES QUEDEN MIRANT-SE.

CAROD:
Va, corre a arreglar aquest cable, tu que tens taladro!

PIQUÉ ESTÀ CREMANT LA FOTO DE ZAPLANA. SONA EL TELÈFON.

PIQUÉ:
Sí? Què diu? Una quatre estacions i una calzone?... Bé, deixi'm pensar-ho, i ja decidiré.

GAG: "ZP NEGOCIACIÓ"- OK

POLÒNIA / TEMPORADA 2
DATA DE GRAVACIÓ: 8-9.01. 2007

//

CÀSTING

CAPELLÀ IRLANDÈS	XAVI SERRANO
ZAPATERO	QUECO NOVELL
ACEBES	BRUNO ORO

LOCALITZACIÓ
PLATÓ – SALA DE NEGOCIACIONS, FOSCA.

AMBIENTACIÓ
MALETA PEL CAPELLÀ.

VESTUARI
DE RIGORÓS NEGRE, AMB ALÇACOLLS.

CARTELL AMB GRAFISME: ELS MEDIADORS INTENTEN SALVAR EL PROCÉS DE PAU.

UNA SALA FOSCA AMB UNA TAULA. LA CADIRA DEL MIG L'OCUPA UN CAPELLÀ IRLANDÈS. DELS PERSONATGES QUE HI HA A LES DUES BANDES NOMÉS EN VEIEM LES MANS.

CAPELLÀ:
(*Amb accent anglès*) En Irlanda, con diálogo franco y abierto la paz conseguimos. Por eso, bueno sería que el Gobierno empleze con su punto de vista explicando.

LA CÀMERA DESCOBREIX EL PRIMER INTERLOCUTOR.

ZAPATERO:
Bueno, nosotros queremos llevar el diálogo hasta el final. Por eso, estamos dispuestos

a hacer concesiones siempre que cesen las hostilidades.

CAPELLÀ ASSENTEIX.

CAPELLÀ:
Mesuradas palabras tus palabras son. Ahora toca la opinión del otro bando escuchar.

ARA DESCOBRIM EL SEGON INTERLOCUTOR: ÁNGEL ACEBES.

ACEBES:
¿Eh?

CAPELLÀ:
Hablar te toca.

ACEBES:
Ah, vale. Acuerdo de podríamos todos estar. Pero huevos manda que tu pidas me...

CAPELLÀ:
(*Interromp*) Puede normal usted hablar.

ACEBES:
Mejor, porque yo el vasco sólo lo chapurreo. Que manda huevos que nos pidáis una tregua si los que estáis poniendo palos en las ruedas sois vosotros. Para colaborar con el proceso de paz os pusimos una condición: no hablar con ETA ni su entorno. Y vosotros ni caso...

ZAPATERO:
(*Salta*) Bueno, pero lo que no puede ser es que estéis por la paz y después os cerréis en banda.

CAPELLÀ:
¡Momento un! ¡Momento un! ¡La paz ETA como solo si el PP y el PSOE también en paz están!

ZAPATERO:
Es que si no, estamos perdiendo el tiempo.

ACEBES:
Yo estoy aquí porqué me lo ha pedido el Yoda este. Pero a mí, ¡plim!

CAPELLÀ:
¡Cansado estoy que! ¡A Medio Oriente me voy! ¡Al menos escuchan ellos!

CAPELLÀ MARXA AMB LA MALETA.

ACEBES:
Sabes qué os digo: ¡A por el culo tomar!

ZAPATERO:
Digo mismo yo. ¡A por el culo tomar!

ACEBES I ZAPATERO RESTEN AMB ELS BRAÇOS PLEGATS DONANT-SE L'ESQUENA.

GAG: "CONDICIONS OTEGI"- OK

POLÒNIA / TEMPORADA 2
DATA DE GRAVACIÓ: 8–9.01.2007

//

CÀSTING

ARNALDO OTEGI	BRUNO ORO
ENCAPUTXAT 1	DAVID OLIVARES
ENCAPUTXAT 2	XAVI SERRANO

LOCALITZACIÓ

PLATÓ – SALA FOSCA SECRETA DE REUNIÓ.

AMBIENTACIÓ

CADIRES QUE ES PUGUIN DESTROSSAR.
LLUM QUE ES PUGUI LLENÇAR.
TAULA QUE ES PUGUI ESMICOLAR.

L'OTEGI ARRIBA EN UNA SALA DE REUNIONS FOSCA ON L'ESPEREN DOS ENCAPUTXATS. S'ASSEU AMB ELLS.

OTEGI:
Chicos. Acabo de venir de negociar con el gobierno opresor y torturador del Estado Español. (*Se n'adona que s'està passant i es conté*) Digo, con el gobierno central.

ENCAPUTXAT 1:
¿Y bien?

OTEGI:
Tenemos que encontrar la forma de llegar a la paz, pero ahora mismo el diálogo está estancado.

ENCAPUTXAT 2:
¿Por qué? ¿No aceptan nuestras condiciones?

OTEGI:
Todas no.

ENCAPUTXAT 1:
¿No aceptan la amnistía de los presos?

OTEGI:
Eso sí.

ENCAPUTXAT 2:
¿Y la adhesión de Navarra a Euskadi?

OTEGI:
No, pero se podrá celebrar San Fermín en Donosti.

ENCAPUTXAT 2:
¿Entonces?

OTEGI:
No aceptan que Euskadi vaya al festival de Eurovisión.

ENCAPUTXAT 1:
¿¿Cómo??

ENCAPUTXAT 2:
¡¡Pero que se han creído!!

ENCAPUTXAT 1:
Si ya teníamos canción y todo. Se titula "Neska mamilla askatu txakurra marmitako krakatua polita gorriak". (*Ho diu molt ràpid, com si fos una sola paraula*)

ENCAPUTXAT 2:
¿Cómo?

ENCAPUTXAT 1:
"Neska mamilla askatu txakurra marmitako krakatua polita gorriak".

ENCAPUTXAT 2:
Ah, "Neska mamilla askatu txakurra marmitako krakatua polita gorrión".

OTEGI:
Claro, "Neska mamilla askatu txakurra marmitako krakatua polita gorriak". (*Pausa*) ¿Y qué significa?

ENCAPUTXAT 2:
"Cuajada".

OTEGI:
Cuajada, qué bonito. A ver, tarareamela.

ENCAPUTXAT 2
(*Canta amb veu greu, ronca i desagradable; rotllo els grups de punk rock bascos, i mou la melena*) Ñam! Ñam! Neska-mamilla-askatu-txakurra-marmitako-krakatua-polita-gorriak! Ñam Ñam!

OTEGI
Sí! Me gusta! Digo no, no. Tenemos que hacer algo que sea vasco, pero no tan radical. Con lo bonito que hubiera sido ir a Eurovisión con un tema como el de Mocedades.

ÀUDIO:
VERSIÓ "ERES TÚ".

OTEGI
Pedí una promesa, ya ves tú, ya ves tú
Que a Eurovisión fueran los vascos
Y Zeta Pe dijo tururú, tururú,
así, así tururú.

Ya ves tú, yo te doy si tu me pides
Ya ves tú, con quién voy a dialogar
Askatu, queremos a Euskadi libre
Askatu ¡o vamos a luchar!

DE COP ES POSA A DESTROSSAR EL LOCAL I SE N'ADONA A LA MEITAT. LLAVORS S'ASSEU COM POT A LA CADIRA QUE ESTÀ MIG DESMUNTADA. I RECUPERA LA COMPOSTURA.

OTEGI
Perdón. Ejem... ¿por dónde íbamos?

un tornado a
IOWA

Mantenint una dinàmica de treball ben greixada on intervenen multitud d'equips i que avança inexorablement cap a l'èxit televisiu cada dijous. El *Polònia* es basa en l'ordre, l'eficàcia i la higiene mental. Sobretot dels guionistes, atès que el guió és la pedra angular de la cosmovisió polonesa. És per això que s'exerciten en l'art de la visualització per encarar-se al full en blanc amb garanties, cridant proclames com "som *panzers* de l'humor!" o "per John Cleese!".

Per tant, si hagués de resumir els mecanismes de treball del programa la cosa aniria així: hi ha una reunió de guió prevista per dilluns a la tarda però es passa a dimarts al matí perquè el Toni Soler pateix una lleu lleu gastroenteritis. Però com que dimarts al matí ja estava prevista una trobada amb l'editorial per publicar aquest llibre, decidim passar-la a dimarts a la tarda. Però no podrà ser perquè en Toni Soler, en Queco Novell i en Manel Lucas s'han compromès a anar al Col·legi d'Aparelladors a fer una xerrada, "La construcció de l'humor català contemporani".

Dimecres a les nou del matí? Impossible. La revista *Tenora & tible* fa una entrevista més una sessió de fotos al general Franco (Manel Lucas) i a Pasqual Maragall (Queco Novell).

A les quatre de la tarda? Sí. Comencem la reunió a tres quarts de cinc. D'aquesta trobada han de sorgir idees per a nou gags. Però només se'ns n'acudeixen cinc. Dos dels quals els protagonitza Ángel Acebes. Ens fan molt riure però en aquell precís moment truca en Bruno Oro (Ángel Acebes al programa) per recordar-nos que excepcionalment aquesta setmana no podrà gravar cap gag perquè estrena una obra al Versus Teatre, tal com ens va comentar el desembre passat. Sortim de la reunió amb tres gags.

L'equip de producció s'enfada. El realitzador s'enfada. El becari s'enfada. Ens miren com William Holden amb els cables creuats a *Grupo salvaje*. Els havíem dit que pensaríem nou gags. I amb una senzilla operació matemàtica ens recorden que en falten sis perquè hi hagi suficients continguts pel programa de la setmana vinent. No sabem què dir però sí què fer. Anar cap a casa a veure el partit de Champions del Barça. Demà serà un altre dia. Però el temps s'exhaureix. Tinc la sensació de ser un pagès d'Iowa que llaura amb el tractor mentre escolta Johnny Cash pels walkmans. I darrere seu, sense que se n'adoni, s'apropa un tornado, gran com els del Baix Llobregat. Per sort, ja sabem que la pel·lícula sempre acaba bé. Cada setmana, *nogensmenys*.

PERÒ COM POT SER QUE ACABI BÉ?

Perquè ja va acabar malament alguna altra vegada. Malgrat els molts contratemps que es puguin presentar, *Polònia* és un programa que va començar a gestar-se a *Minoria Absoluta* a CityTv fa tres anys, va continuar prenent forma a *Las Cerezas* a TVE i a *Mire Usté* a Antena 3. Resumint, portem anys picant pedra, creant centenars d'idees i depurant el talent, poc o molt, que cadascú pugui tenir, des d'actors a guionistes, passant per l'equip de realització i producció. Amb el temps, i després de cometre errades, hem trobat el punt dolç al programa. Més o menys sabem què volem dir, com ho volem dir i som força conscients de quins mitjans disposem per aconseguir-ho, tot i que sempre en voldríem més. Arribar a tenir aquesta consciència és summament difícil.

Un programa com *Polònia* és una llarga cadena de muntatge on intervenen una seixantena de persones. Aquest sistema de producció sempre està basculant entre dos programes. El primer és el més immediat, el que s'emetrà el dijous d'aquesta setmana. I el segon és el que apareixerà la setmana següent. Potser algú es pensa que enllestim el programa el mateix dia d'emissió, dijous, i que divendres comencem a elaborar el següent. Res més lluny de la realitat. Els produïm simultàniament. Mentre a plató es grava una escena de llit entre Zapatero i Mas, l'equip de guió està reunit pensant un gag de Saura convertint-se en dona per allò de la paritat. Mentre s'està postproduint un esquetx del Papa barallant-se amb un imam, ja estem demanant a l'equip de vestuari una disfressa de tirolès pel Rei.

Sens dubte, que diversos equips funcionin posant els cinc sentits en el programa més immediat i en el que està per arribar, i amb la pressió de temps que comporta voler lligar els esquetxos a l'actualitat més immediata, és procurar un equilibri complex. Si el *Polònia* fos una lasanya, un bon guió constituiria la primera capa del plat. Un gag que expliqui amb hilaritat les intencions, debilitats i incon-

gruències d'un personatge o d'un partit neix d'una bona idea. I les bones idees són difícils de tenir. Es tenen més probabilitats d'arribar a ser un lord anglès (amb fortes desviacions sexuals, si no no val la pena) abans que tenir un bon grapat d'idees excel·lents. Per aconseguir-ho (em refereixo a tenir el grapat) es necessita temps. I temps és el que sempre ens falta a tots els àmbits del *Polònia* pel fet de voler vincular els esquetxos a l'actualitat. Temps per escriure els gags, per la preparació d'aquests gags per part de realització, vestuari i atrezzo, temps per caracteritzar els actors, per gravar els esquetxos i per postproduir el programa. Al *Polònia* tot és per ara mateix i sovint per abans-d'ahir. D'aquí neix la pressió, de tenir molta feina i un temps limitat per fer-la. És com conduir per l'autopista amb un cotxe sempre enganxat al cul. El secret està a no mirar pel retrovisor. Que es foti.

QUINS CONTINGUTS ES NECESSITEN PER FER UN POLÒNIA?

Entre quinze i vint gags durant trenta minuts. A la primera part del programa hi tenen cabuda els que comporten més actualitat. I a la segona, aquells que són protagonitzats pels grans clowns del *Polònia*: Ferran Adrià, el Papa Benet XVI, la Família Reial i a vegades, amb menys assiduïtat, Joan Clos.

Si agaféssiu una escaleta (terme que fa referència al document on s'ordenen tots els continguts que apareixen en un programa) del *Polònia,* veuríeu de seguida que el ritme del programa també ve donat per un tipus de gags que en denominem transicions, segurament l'element polonès més innovador.

Són aquells esquetxos que sempre s'inicien amb el ja mític crit d'en Toni Soler, "Talleu! És bona!". (En un rànquing de crits catalans mítics és ben cert que ocuparia la quarta posició després del "Ja sóc aquí", "Urruti t'estimo" i "ehhh!".)

Aquestes transicions ens permeten trencar les convencions d'un programa de gags, mostrar les entranyes del plató, les bambalines, i presentar tots els personatges del *Polònia* com polítics reals que vénen al programa a fer d'actor. El guió de les transicions és molt més lliure, la interacció amb en Toni Soler és hilarant i les combinacions de personatges que ens permet aquest tipus de gag són inacabables. Si no fos així, com podrien aparèixer junts el conseller Nadal, el general Franco, la Carme Ruscalleda, el Papa i la Maria Teresa Fernández de la Vega?

L'objectiu principal del programa és oferir una paròdia de l'actualitat política i social de la setmana. Per això procurem una distribucció equitativa de personatges. Que hi surti tothom, com més gent millor: Zapatero, De la Vega, Mas, Duran, Piqué, Saura, Montilla, Carod, Puigcercós, Tura, Acebes, Rajoy, Zaplana, etc...

És clar que tots no poden aparèixer cada setmana. Els hem d'anar dosificant. Però hi ha dues excepcions que trenquen la norma: Ferran Adrià i Pasqual Maragall. El primer, interpretat magistralment per Cesc Casanovas, és el clown per excel·lència del *Polònia*. Del segon, poc puc afegir. El Maragall real ens feia els guions. I en Queco els millorava fins a límits insospitats. Ara apareix poc al programa per motius obvis. Potser sí que Montilla és el president de Catalunya. Però el nostre, el de veritat, sempre serà en Queco Novell.*

"SÍ? NO S'HI POT POSAR, ESTÀ REUNIT"

Per una vegada a la vida, és veritat. No ens entusiasmen les reunions però les tolerem com es tolera l'Ezquerro. De reunions n'hi ha moltes, però d'importants n'hi ha de dos tipus: les de guió i aquelles en què es citen tots els equips (guió, realització, producció, atrezzo, vestuari i caracterització) per llegir i desglossar els gags ja escrits abans de gravar-los. Les trobades de guió són com el karaoke: hi ha perill de desafinar i, per tant, de fer el ridícul. Intentem que no durin més d'una hora i que, en funció de l'actualitat, hi hagi un full de ruta a seguir respecte de quins personatges cal i no cal que pensem situacions.

Per qüestions de disponibilitat, un dels problemes que hem d'afrontar setmanalment radica en el fet que aquestes trobades creatives solen ser a la tarda, després de dinar, en plena digestió.

Una reunió de guió s'inicia més o menys així: Jordi Ventura, Pau Escribano, Manel Lucas, Quim Morales, Guillem Martínez, Joan Rufas i Toni Soler entren a la sala de reu-

* *He rebut algunes pressions dels actors perquè parlés d'ells en aquest capítol. Qui més ha apostat per aquesta fórmula ha estat en Queco Novell, amb 11 euros amb 35 cèntims, seguit per Bruno Oro amb 9.*

nions. Tothom s'asseu i deixa la llibreta, el bolígraf i el mòbil damunt la taula. En Toni Soler diu: "Qui té alguna idea?". Silenci. Tothom es regira a la cadira. Sona un mòbil que no estava silenciat. (És el d'en Manel Lucas que ha gravat el seu fill dient "papa truquen, papa truquen".) Toni Soler: "Doncs quin èxit". Silenci. En Jordi Ventura afegeix: "Tenim la llista d'idees que ens ha enviat en Navarro". En Xavier Navarro és un guionista a qui no veiem el pèl des de fa dos anys perquè va marxar a viure a prop de Salamanca. Això és el que diu ell, nosaltres pensem que ha estat abduït i que viu a Ganimedes. Sempre comencem les reunions llegint les seves idees, i a poc a poc, en van emergint d'altres. És un ritual.

A vegades hi ha algun guionista que té un, dos o tres gags totalment pensats i estructurats. I si són bons el petonegem i li pengem collars de flors mentre ballem com jovenívoles hawaianes. Però això passa relativament poc. Sol ser més comú que es tinguin idees incipients, intuïcions i gags començats però sense final. Després, entre tots, anem donant forma a l'esquetx. L'aprovació final respecte si una idea es converteix en gag o no depèn d'en Toni Soler. Però si un guionista creu molt en un gag i es posa molt però que molt pesat, també l'acaba escrivint. La mitjana de gags que hem de pensar en una setmana de treball solen ser entre deu i quinze. I si no, ja se sap, el *Grupo salvaje* entra en acció. Un cop es fa el recompte de gags que s'han pensat, es distribueixen entre els guionistes.

Hi ha qui té la mà trencada a escriure esquetxos de CiU, hi ha qui prefereix els d'Esquerra Republicana, hi ha qui té debilitat per Zapatero, Montilla o Saura. No és tant una qüestió d'ideologia com que hi ha guionistes que tenen els personatges del *Polònia* tan interioritzats dins seu que mentre escriuen el guió parlen com en Ferran Adrià, els prínceps o el general Franco (aquest bàsicament és en Manel Lucas, que escriu i interpreta els gags de l'únic cadàver entranyable del programa). I així passen un dia, un sol dia, pensant i escrivint. Després presentem el guió al Toni Soler, que sovint el fa reescriure partint d'un nou enfocament o canviant el final o depurant els diàlegs. Cal dir que fa reescriure els guions una, dues o les vegades que faci falta. Aquesta exigència, aquest anar i venir de guions, si s'allarga massa té un no sé què de fantàstics crits orgàsmics de tennistes eslaves. Cansat però espectacular. Molt bé, s'ha acabat el part creatiu. A vegades és ràpid, a vegades hi ha cesària. Ara és moment de presentar el nen a la família.

"SÍ? CONTINUA REUNIT..."

Els guions ja estan enllestits. La fotocopiadora treu fum. De cada guió se n'imprimeixen deu còpies perquè està a punt de començar la reunió d'equips: realització, grafisme, producció, ambientació, caracterització i vestuari.

Es llegeixen tots els gags d'una forma molt detallada, no només els diàlegs sinó tot el que comporta: possibilitats d'explicació visual d'una situació, detecció de quin és el punt àlgid-hilarant del guió, decidir el càsting d'actors, espai on s'ha de gravar, il·luminació, caracterització i vestuari dels actors i dels figurants que puguin aparèixer.

Tradicionalment, els gags que sempre han comportat més treball han estat els d'en Ferran Adrià, ja fos a la primera temporada acompanyat del Mindundi o en aquesta segona on ha irromput la Carme Ruscalleda. Quan comencem a llegir un guió d'en Ferran Adrià es pot observar com força gent es comença a mossegar les ungles. Quan acabem de desglossar-lo llueixen un preciós monyó. És comprensible. Des d'aquí agraeixo al realitzador Marc —George Lucas— Martín i a tota la resta de gent que participa en aquesta reunió que hagin fet l'esforç per aconseguir que fossin possibles coses com:

- un Mickey Mouse gegant que entrés dins un forn;
- uns focs artificials que exploten i fan caure l'arròs dins la paella;
- fer levitar l'Adrià damunt dels fogons com un Buda.

O en altres gags com:

- el Papa movent-se per dins la Capella Sixtina i repintant el sostre.
- la Tura controlant tots els Mossos de Catalunya des de la seva pantalla de *Minority Report*.
- crear 8 Duran i Lleida i que tots parlin en una mateixa reunió.
- inserir el nostre Franco al balcó de la Plaza de Oriente i fer-li pronunciar un discurs a favor dels homosexuals.

Aquestes reunions serveixen perquè tots els departaments coneguin quina és la feina que han de fer abans i durant la propera jornada de gravació de gags. Però també tenen el seu hàndicap. Es convoquen a la una o quarts de dues del migdia, just abans de dinar. Al principi, a aquesta trobada hi venia gent molt seriosa i amb molts papers. Semblaven magistrats del CGPJ a punt de recusar-me. Però amb el temps, l'ambient s'ha destensat i a poc a poc han anat fent aparició bosses de patates, pipes i barreja per matar el cuc. I el que és pitjor, paquets de galetes Príncipe que un cop te les has menjades cobreixen els queixals d'una pasta densa que la llengua mai acaba de netejar. En aquestes situacions no és fàcil parlar i entendre's. Però hem desenvolupat un diccionari nou, Català-Galletas Príncipe, Galletas Príncipe-Català, i hem aconseguit comunicar-nos. Això fa que tots els participants d'aquesta reunió mantinguem grans esperances respecte al diàleg de civilitzacions.

DE SIBÈRIA...

Dilluns i dimarts, de tres de la tarda i fins a les 11 de la nit, es grava el 90% del *Polònia* que s'emetrà aquell mateix dijous. Són setze hores molt intenses de feina. Però perquè això sigui possible, s'ha d'elaborar una planificació molt precisa amb la finalitat de gravar el major nombre de gags amb el mínim temps possible. És un autèntic trencaclosques setmanal. La persona que s'encarrega d'elaborar aquesta planificació és la Gemma Cebrià. Jo l'admiro profundament perquè comparo la seva feina a l'extracció de carbó a Sibèria. És molt important per Rússia, però que ho faci un altre. Planificar vol dir lluitar constantment contra les adversitats i sobretot trobar el punt intermedi entre tres períodes de temps simultanis: el temps que comporta caracteritzar un actor (cal una hora i mitja de mitjana perquè qualsevol actor es converteixi en un personatge); el temps que es tarda a gravar cada un dels gags i per últim procurar que els condicionants tècnics no provoquin aturades entre el final d'un esquetx i l'inici d'un altre. Si tenim en compte que a cada jornada es caracteritzen més d'una desena de personatges i que sovint hi ha actors que interpreten dos personatges el mateix dia (Bruno Oro pot ser Acebes i Mas o Agnès Busquets pot convertir-se en Terribas i Ruscalleda), i que a més a més cadascun dels actors ha d'interactuar amb altres actors que a la vegada també han d'interactuar amb altres actors... S'acaba formant el que a *Polònia* denominem un gran "pollo" (complexitat aguda a resoldre). I cada setmana, oh miracle (de la Glòria baixa la Mare de Déu, cantem-li tots l'Ave amb sonora veu...), s'acaba resolent.

Divendres a la tarda els actors reben la planificació, les citacions per les jornades de gravació i els guions. S'ha restablert l'ordre.

...ДL CIЯC

I arriba dilluns, el circ. Si Albània decidís muntar un musical estil Hollywood el resultat seria una jornada de gravació de *Polònia*. Els gags es graven en un plató de 300 metres quadrats a Sant Just Desvern, on el metre de superfície més densament poblat és la sala de maquillatge. Allí es treballa a corre-cuita per enllestir les caracteritzacions. És una cadena de muntatge que en lloc de fer el Seat León construeix el Ferran Adrià, que dóna el relleu al Zapatero, que dóna el relleu al Papa, que dóna el relleu al Maragall, que dóna el relleu al Saura, que dóna el relleu a la Terribas i així fins a l'infinit de les 11 de la nit. Mentre els actors es caracteritzen i es vesteixen, es preparen els sets (els espais on es grava cada esquetx) i s'afina la il·luminació. Un cop els actors estan preparats, es col·loquen al set i es fa un assaig ràpid, de text i de moviments. I es grava. Els gags més ràpids d'enregistrar són els d'en Franco. Un cop puja a cavall podria estar-se quaranta anys dient fantàstiques imbecil·litats. I per contrast, els més lents, per la dificultat de manipular molts objectes, són els d'en Ferran Adrià i la Carme Ruscalleda. I així passen les jornades: amb petits temps morts que l'Acebes aprofita per tirar els trastos a la maquilladora, amb tècnics que van amunt i avall amb càmeres i focus, amb guàrdies suïssos jugant a futbol, amb força tabac i amb el príncep Felipe menjant croissants de xocolata. Seria força difícil comptar les hores de treball que comporta un sol gag però no són poques. Entre pensar-lo, escriure'l, explicar-lo, buscar el vestuari i l'atrezzo adients, caracteritzar els actors, gravar-lo i postproduir-lo, menys de 4 o 5 hores de feina no ens les treu ningú. I hem de tenir en compte que dins del *Polònia*, un gag dura un minut i mig...

EL MISSATGE

Els gags gravats han de passar per les mans del muntador, el grafista i el tècnic de so. Són els germans Dalton de la tecnologia. Amb ells tenim grans converses sobre *renders*, *frames* i *profiles* que són tan comprensibles com els discursos de Hu Jin Tao en V.O. Treballen els gags durant moltes hores i quan els tenen enllestits els visionem i els aprovem per a l'emissió del programa. La cinta amb el *Polònia* niquelat surt rumb cap a TV3 dijous a la tarda, havent dinat. S'emet a dos quarts de deu del vespre. Divendres, a primera hora del matí, rebo EL missatge: "27,1 de share. 792.000 espectadors". Per uns minuts em sento com un multimilionari dins un jacuzzi, ben acompanyat i amb un gintònic a la mà. El reenvio a molta gent. "Que guapo", penso, "un 27,1, que bèstia!". Poso la primera i continuo llaurant els camps d'Iowa amb el meu tractor. I que duri.

BÚSTIA DE
CORREU

El *Polònia* és un programa que, al llarg de les dues temporades, ha fet unes mitjanes de share pel damunt del 25%. No és que ens estiguem fent els xulos, és que costa tant d'aconseguir que ens agrada recordar-ho.

Ara bé, les xifres d'audiència són fredes, i no ens parlen de l'opinió que teniu els espectadors sobre els nostres gags (home, si ens miren serà per alguna cosa, això també és cert).

Afortunadament, tenim algunes maneres de saber com són rebuts els programes:

- L'opinió de les nostres mares i tietes.
- La pàgina dels Amics de RAC1 (www.amicsrac1.net), on en els seus fòrums solen opinar sobre el programa.
- El blog de Miquel Iceta (www.iceta.org), que setmanalment ofereix un resum crític del programa escrit per la seva germana (sí, a nosaltres també ens sembla estrany).
- El blog www.tv3polonia.blogspot.com, on solen penjar vídeos del programa, amb els seus corresponents comentaris.
- I per últim, la bústia de correu de TV3, on solen rebre propostes, crítiques i reivindicacions dels espectadors. Aquests són alguns dels e-mails rebuts (i no sempre contestats) al llarg dels darrers mesos.

RETRETS I LLOANCES

Bona nit,

Soy polaca y hace poco que estoy viviendo y trabajando en Catalunya. Sé que el programa *Polònia* es muy popular, yo misma lo he visto varias veces y me gusta.

No sé el motivo exacto que les había empujado para crear un programa así, pero espero que no baje el nivel ya que lleva nombre de mi país.

Lo único que quería comentar que no entiendo es la letra con la que está escrito el título. Seguro que lo saben que en Polonia se escribe con las mismas letras que en España-Catalunya. No entiendo pues por qué el título imita un escrito en ruso. Yo siempre aquí he tenido que destacar que Polonia no forma parte de Rusia y me sabe mal que a través de un programa de televisión pública se puedan provocar más confusiones.

Les saludo atentamente.

Agrair a un canal autonòmic com és el de TV3 que ens permeti el luxe de gaudir d'un programa esplèndid com és el *Polònia*. Amb un equip fantàstic i millors guions.

Sres, sirva este correo electrónico para felicitarles por el programa de entretenimiento *Polònia*.

En este momento es lo mejor que se emite en todas las televisiones. Ésta es mi opinión.

Los guionistas han tenido que pensar y mucho en los diálogos, sin ser zafios y sin palabras malsonantes consiguen no la sonrisa: "La carcajada". Los actores están muy bien buscados y "bordan" sus interpretaciones, los maquilladores son unos "artistas". Si olvido a otros profesionales, ruego me disculpen, desconozco el mundo de la TV.

A todos los que conforman el equipo, mis más sinceras felicitaciones.

Me sabe a poco su programa, siempre querría más.

Muy cordialmente.

Vull manifestar una opinió meva sobre els últims programes de *Polònia*.

Penso que al principi era un programa divertit, on es parodiava la política catalana però es feia amb elegància, bon gust, estil i simpatia, sense ofendre a ningú.

Últimament aquest estil, s'ha convertit en un estil grotesc, descortès, bast, barroer, ofensiu i mal educat. Sobretot vers alguns personatges com podrien ser l'Artur Mas o la Mònica Terribas.

Segurament el Sr. Mas és arrogant, cregut i una mica prepotent, però amb la paròdia que fan el converteixen en mal educat, mala persona, groller, brut i bast, i no crec que hagi de ser així.

Ahir, que el *Polònia* prometia, doncs després de les eleccions hi havia prou suc, i a més van crear moltes expectatives per ser en directe, me'n vaig anar a dormir als 30 minuts de programa, i com jo, la resta de la meva família.

Fins i tot, avui, comentant-ho amb tres companys de feina assidus al programa, van fer el mateix...

Prego revisin el guió del programa, i en la mesura que puguin, tornin al *Polònia* del principi, més fresc, més estilós i sobretot no ofensiu.

Moltes gràcies.

Polònia: el senyor Mas no és guapo ni pot parlar com ho va fer, encara que siga una paròdia. Tampoc es pot parodiar els presidents de la Generalitat, estiguen vius o morts.

Hola,

Em dic ... i sóc de Girona, miro i segueixo sempre el programa *Polònia* del Toni Soler i companyia (aprofito per felicitar-los, és un excel·lent programa) i us escric per saber si és possible que em facilitéssiu la sintonia del programa, simplement perquè em fa gràcia tenir-la.

Molt agraït.

Hola!

Podríeu posar a la web de *Polònia* o enviar-me per correu electrònic el vídeo del gag del Papa en què parlava, farà dos capítols, sobre que havia de pagar la hipoteca del Vaticà i després el Zaplana per solucionar els deutes construiria el "Marina d'or, ciudad de peregrinaciones" i "Terra Mística".

He parlat amb molta gent que li va encantar aquest gag i és una llàstima que no el puguem tornar a veure, perquè veritablement va sortir rodó rodó!

En el darrer programa de *Polònia*, penso que la paròdia de l'Artur Mas fent de pidolaire i l'esment que es fa de la petició d'almoina per a la formació de CiU, ultrapassa el sentit de l'humor, i es cau en la barroeria i el mal gust.

No tot s'hi val.

L'objectiu d'aquest correu és fer una consulta d'un apunt que he llegit avui a *La Vanguardia*, dins de la notícia que faran classes de català al Montilla, deien que el personatge del Montilla desapareixerà del *Polònia*.

Espero que no sigui veritat, ja que el personatge del Montilla, Mas, Maragall... està clavat i és una d'aquelles coses que et fa encarar el dia següent amb un somriure.

Salutacions.

Penso que *Polònia* és un programa massa divertit perquè sobretot en Mas, en Maragall, el Ferran Adrià, la Mònica Terribas i l'Acebes en general són molt bons. M'agradaria que mai pleguessin de fer el programa, i només tinc 12 anys.

Polònia és un programa molt divertit, trobo que en Maragall amb les seves maragallades ho fa molt bé, en Ferran Adrià amb els seus trucs de forn esferificador i l'Acebes és molt divertit en ZP també. En Mas i en Duran vaja que no haurien de fer-ho un cop per setmana almenys dos o tres però que siguin ja el final de setmana com ara.

Benvolguts senyors,

Voldria fer-los arribar la meva queixa respecte al programa *Polònia* que es va emetre durant el dia d'ahir a la nit.

En ell es va presentar un gag en el que es feia burla del sant pare Benet XIV i de l'Església en general. Com comprendreu, aquest programa va ser molt indignant per mi com per tots aquells que tenim una fe cristiana.

Us voldria recordar que la Televisió de Catalunya, com a televisió pública no és un instrument d'una majoria que pot ignorar i esclafar les creences de les minories, sinó que com a televisió de tots els catalans heu de respectar a tots els catalans, tant en la seva persona com en les seves creences. Heu de ser la televisió formativa i constructiva que TOTS desitgem, i no convertir-vos en l'instrument de la 'distracció de masses' i gairebé dictatorial d'un grup (majoritari sí, però que no representa a tots els catalans). Esclafar i insultar les minories no ha estat mai compatible ni amb la tolerància ni amb l'entesa.

També voldria aprofitar per comentar-vos que jo, com gairebé tothom (suposo), intento ser dialogant i també intento defensar les meves idees parlant i respectant tant les idees dels que no comparteixen les meves com les persones que les defensen: crec que la convivència i el respecte és el camí cap a una millora. Mai la imposició ha donat un bon resultat ni el donarà mai.

Ara s'està intentant, des de les institucions, eliminar la influència que té l'Església sobre bona part de la població (catalana i espanyola). Em sembla respectable, equivocat però respectable; el que no veig clar és que s'intenti fer desaparèixer tot el que diu l'Església pel sol fet de dir-ho l'Església: es pot intentar corregir les coses que no us semblin bé, però no oblidar que també hi ha moltes coses bones en el seu missatge i que no són gens bones si les destruïm: la falta de respecte envers de l'autoritat ens està portant als maltractaments dels alumnes als seus professors, la falta de respecte a la família ens està portant als maltractaments de gènere, oblidar la responsabilitat que comporta el fet de ser pare ens porta a que els fills siguin cada dia més 'independents' dels seus pares i caiguin primer en paranys com les drogues i més tard que abandonin la seva gent gran.

Es pot substituir una ètica si es té un sistema o una nova ètica a la que seguir, però no es pot destruir les bases d'una societat per caure en un buit.

Sento haver-me estès tant, i espero almenys una rectificació pel que fa a la primera part del meu missatge.

Rebeu una cordial salutació d'una persona que espera poder disfrutar d'una televisió realment de tots.

Hola, amigos hace un ratito que he visto *Polònia* y cuando lo recuerdo me río sola, ¡es tan divertido! Lo que más me ha gustado ha sido el Papa bailando y cantando "lo que yo baili y lo que yo canti". Es estupendo, teneis unos grandes actores, a Bruno le tenemos tirria en *El cor de la ciutat* porque es un fresco pero aquí nos encanta, yo he llegado a la conclusión de que si Matías habla tan bien el catalán con el tiempo puedo llegar a hacerlo tan bien como él, ¿no os parece? Bueno, os deseo mucha suerte, que el programa dure mucho tiempo y que paséis muy buenas fiestas. Un saludo.

REIVINDICANT PERSONATGES

Què ha passat amb el "mandungui"? L'ajudant del Ferran Adrià a *Polònia*. El trobem a faltar. Ens agradava més que la Ruscalleda.

Hola gent,

En primer lloc felicitats pel *Polònia*, perquè em parteixo la caixa cada dijous. Està molt bé. L'únic a dir-vos és que en Sergi Mas imita molt bé en Montilla físicament, però en realitat en Montilla parla i es mou molt més a poc a poc que tal com ho fa en Sergi Mas.

En segon lloc, suggerir-vos que surti més en Federico Jiménez Losantos (Queco Novell). Un personatge d'aquesta talla ha de sortir més. Estaria bé que sortís dient: "Este gobierno sólo se reúne con terroristas, homosexuales y catalanes. A ver cuando se reúne con gente normal". I també "Puigcercós es el Otegi de Batasuna".

Si busqueu pel Google, hi trobareu moltes més opinions sobre els catalans.

Per últim, confio que la meva adreça i el meu nom NO sortiran publicades en cap enllaç del web de TV3 (especialment, *Polònia*).

Volem que torni el Mindundi a *Polònia*! Era 10 vegades més bo que la Carme Ruscalleda!

Sou uns cracks els de *Polònia*, els amos! Enviava el correu per dir-vos que hauríeu de potenciar el paper d'en Lluís Llach quan surt em descollono quin crack en Manel Lucas.

Salut i República!

GUIØNISTES DES DE CASA

És un acudit meu, però us autoritzo a passar-lo al vostre programa *Polònia*.

Catalunya és un país de torrats? Hem tingut un rom Pujol, un Rom Maragall, gairebé tenim un conyac Mas-Caro... i al final ens quedem amb un fino Montilla.

Espero que us agradi i contesteu-me.

Per als guionistes del *Polònia*.

Us proposo una idea per un gag. Assimilar el fracàs (presidencial) de CiU amb l'anunci de prevenció dels accidents que fa la Generalitat; aquell que diu "Qui és el culpable, ell o el seu cap que no va fer... o la Dra. General que no va considerar... o el consell d'administració, etc. etc."

Potser ja és una mica tard, perquè aquest tema ja s'ha tocat, però veient l'anunci l'altre dia va ser com si veiés passar a tots els responsables de CiU que, com l'Artur Mas, tampoc accepten les seves decisions estratègiques en la campanya.

Salut!

Hola. Sóc la ... i us envio aquest missatge per dir-vos que, com a seguidora que sóc del programa, l'altre dia a casa em va donar un rampell tipus vostre i vaig estar fent un muntatge amb fotos de revistes i cares dels principals polítics que són parodiats a *Polònia* juntament amb uns minidiàlegs. Ja ho he ensenyat a vàries persones i m'han dit que estava força bé, i després em van dir que ho podria enviar al programa. Jo vaig dir, per què no? És una manera de rendir-vos homenatge pel que feu i per les grans estones que ens feu passar.

Així que he entrat a la web però no sé per on us ho puc enviar, ja que és un document adjunt. La veritat és que em faria molta il·lusió que algú ho pogués veure, només això. Si és possible, m'agradaria com a mínim enviar-vos-ho perquè potser un somriure o un altre us podria treure, i això seria genial.

Doncs res més, gràcies per la vostra atenció i per *Polònia*.

Salutacions.

Proponemos un divertido gag para el programa *Polònia* de TV3.

Aparece el alcalde Hereu interviniendo en un miting de las elecciones municipales, en una plaza del Raval, prometiendo una ley contra la prostitución. En una esquina de la plaza, está Saura vestido de mosso d'esquadra, con los auriculares del mp3 para no oír, y gafas oscuras para no ver, cogido de la mano de la Mayol, que lleva puesta la camiseta "Jo També Sóc Puta". A su lado varias prostitutas se ofrecen a los paseantes de manera agresiva, frente a un centro escolar.

Los vecinos de la ronda Sant Antoni y calles del Raval de Barcelona hemos creado la asociación "Unió de Veïns per la Convivència Cívica CONVIVE", para luchar por que esta disparatada escena no sea una premonición de lo que nos espera en el 2007.

¡Feliz año nuevo!

Proposta de nom per al nou ministre de l'interior de *Polònia*:

JOAN SAURON

Que us semblaria pel *Polònia* fer un gag sobre:

Un hipotètic president a la capital del reino, vestit de Napoleón que envia a les Gàl·lies el seu germà Pepe Botella, ui, perdó, Pepe Montilla, jeje.

Un servidor nascut a la postguerra, recordo alguns acudits que es deien aquell temps, sobre Franco, penso que a l'actor que fa aquest paper, potser li pot anar bé, si la direcció li mereix interès, d'emetre. Jo els ho cedeixo, amb molt de gust.

Són els següents.

Un dia en Franco, vol sortir.

—Generalísimo, su coche está en el taller.

—Pues pedid un taxi.

—Cómo quiere el taxi, Generalísimo.

—Pues "uno", "grande" y "libre".

Un discurs de Franco.

—Españoles todos, antes pasábamos hambre, ¿ahora quién pasa hambre?

I tot el poble crida:

—¡Franco, Franco, Franco!

Un altre discurs:

—Españoles todos, antes estábamos al borde del abismo, ahora hemos dado un paso hacia adelante.

Se senten trencadisses, que tot el poble cau pel precipici.

Aquests fragments de discursos "puedo prometer y prometo", que són verídics.

Una juguesca de catalans en un bar:

—Sabeu que en Franco vindrà a Barcelona?

—Tu que ets tan catalanista, a que no ets capaç de dir li visca Catalunya lliure?

—Oh, i tant.
S'acosta la comitiva i diu:
—Visca Catalunya quatre-cents grams!
I en Franco diu:
—¿Qué dice este polaco?
400 grams és una *lliure.*

US PØSEM
Д PRØVД

EL TEST

No dorms ni menges pensant en el *Polònia*? Vas pel món imitant el Ferran Adrià o el Joan Clos? Votes el polític segons la gràcia que et fa la seva imitació? Ara tens l'oportunitat de demostrar que ets un *polac* de cap a peus. Respon el següent test i presumeix davant dels teus amics de ser un *freaky* de l'univers de *Polònia*...

1. ***A quin home del temps vol pegar Mònica Terribas?***
   a) Tomàs Molina
   b) Alfred Rodríguez Picó
   c) Toni Nadal
   d) Els tres alhora vestida de làtex
2. ***Quina d'aquestes màquines no ha fet servir mai Ferran Adrià?***
   a) Fotocopiadora
   b) Màquina del temps
   c) Estufa catalítica
   d) Màquina de fer fotos
3. ***Acaba la frase: "2007, 2007..."***
   a) "Que a Catalunya no faci fred"
   b) "Pixa i veu a galet"
   c) "Que Catalunya no faci un pet"
   d) "Que Catalunya no faci crec"

4. *Quina d'aquestes cançons no s'ha versionat mai al "Polònia"?*

a) "Bailando" de l'Alaska
b) "Bon dia" d'Els Pets
c) "Opá" del Koala
d) "Aserejé" de les Ketchup

5. *Com es deia el Mindundi del Ferran Adrià?*

a) Joan
b) Jordi
c) Ferran
d) Maria del Mar

6. *En quin estrany superheroi es convertia el Joan Saura quan s'enfadava?*

a) El Dino-Saura
b) El Bio-Saura
c) El Bio Natural Azucarado
d) El Capità Enciam

7. *Com es deia la secció en què el polític s'enfrontava al seu imitador?*

a) Es deia "El clonament"
b) Es deia "La clonació"
c) Es deia "Som una clonació"
d) Es deia "El polític s'enfronta al seu imitador", no se'ns va acudir cap títol millor

8. *Quin d'aquests personatges s'ha imitat algun cop al "Polònia"?*

a) Rita Barberà
b) La Pantoja de Puerto Rico
c) Rijkaard
d) L'amo de la botiga de roba Mango

9. Quin d'aquests familiars no ha sortit mai al "Polònia"?

a) La filla del Manel Lucas
b) El nebot del Toni Soler
c) La germana del Queco Novell
d) Els fills del Queco Novell

10. Quin producte venia Franco en una "teletienda"?

a) Un gelat de la Carmen Polo
b) El règim de Franco
c) La seva estatua eqüestre
d) Mala llet, que n'hi sobra

11. Com es diu el periodista que sol entrevistar al Papa?

a) Fabio
b) Flavio
c) Mario
d) Jimeni Lo Santi

12. Com va acabar Maragall en el programa especial després de les eleccions?

a) Canonitzat
b) Santificat
c) Excomunicat
d) Li van fer la vaca

13. El mosso Setvalls és:

a) Tinent
b) Caporal
c) Capità
d) Incompetent

14. Amb quin "avantpassat llunyà" va coincidir el Príncep Felip a "Polònia"?

a) Guifré el Pilós
b) Juana la loca
c) Felip V
d) Barbara Rey

15. Com es va acabar el Tripartit?

a) Van fer un foc de camp i van cantar "L'Hora dels Adéus"
b) Van fer un brindis al sol
c) Es van fer la circumcisió
d) Es van fer l'harakiri

RESULTATS

0

Felicitats! És difícil fer-ho tan malament. Té mèrit. Per cert, sabies que havies de marcar la resposta correcta i no la incorrecta? Tros de freaky.

1-3

A tu *Polònia* no t'agrada. I has contestat el test a *boleo* (en català, piloteig), perquè ets addicte als tests. Sempre contestes el test de conduir, d'intel·ligència, fins i tot contestaries el test dels geranis si et preguntés alguna cosa. Ets un freaky!

4-7

A tu *Polònia* ni fu ni fa. De fet, no t'has comprat el llibre: te l'han deixat. Has fet el test després que l'amo o mestressa del llibre ja hi hagi marcat la resposta correcta. I no ets capaç ni de copiar amb una mica de traça! Quin freaky.

8-11

Déu n'hi do: segur que no t'has perdut cap *Polònia* des del primer dia (bé, potser només el dia de l'especial d'*Hospital Central*). Més d'una vegada t'has tancat al lavabo i has imitat Clos, Puigcercós o Mateu Prados davant del mirall. Un consell: fes-ho en veu baixa, o els veïns pensaran que ets... un superfreaky!

12-15

Estàs malalt de *Polònia*. No dines, pensant en el *Polònia*. No berenes, pensant en el *Polònia*. No sopes, pensant en el *Polònia*. I a la nit no dorms, perquè tens gana. Després de fer l'amor sols dir a crits "Talleu, és bona!". Un consell: *Polònia* està bé, però no tant. Ni tan sols per un freaky.

16 o més

Ets un exagerat/da i un mentider/a. Un consell: dedica't a la política. Hi tens possibilitats... al Partit dels Freakies!

SOLUCIONS

1. a) Tomàs Molina

2. b) Màquina del temps

3. c) “Que Catalunya no faci un pet”

4. d) “Aserejé” de les Ketchup.

5. b) Jordi

6. b) El Bio-Saura

7. c) Es deia “Som una clonació”

8. c) Rijkaard

9. c) La germana del Queco Novell

10. b) El règim de Franco

11. b) Flavio

12. a) Canonitzat

13. c) Capità

14. a) Guifré el Pilós

15. d) Es van fer l’harakiri

RES D'AIXÒ SERIA POSSIBLE...

Últimament, sempre que veiem una entrega de premis, sembla que estigui passat de moda agrair a l'equip i a la família el treball i el suport rebuts.

És una llàstima, perquè nosaltres, tot i que encara no haguem rebut cap premi, som agraïts de mena. Per això, deixarem el record pels pares, mares, germans, cosins i tiets-avis per més endavant, i acabarem el llibre amb un sincer: "Res d'això seria possible sense el treball de...

DIRECCIÓ

TONI SOLER

PRODUCCIÓ EXECUTIVA

CARLES GENÉ

PRODUCCIÓ EXECUTIVA TV3

ORIOL SALA-PATAU

REALITZACIÓ

MARC MARTÍN

ALBA HOLGADO

PRODUCCIÓ

PERE LLOP

MARIONA TELLA

SUBDIRECTOR

JOAN RUFAS

IDEA ORIGINAL

MINORIA ABSOLUTA

GUIÓ
TONI SOLER
JORDI VENTURA
PAU ESCRIBANO
MANEL LUCAS
GUILLEM MARTÍNEZ
QUIM MORALES
XAVIER NAVARRO
MIGUEL ÁNGEL FERRER
BIEL PERELLÓ

ACTORS
QUECO NOVELL
BRUNO ORO
CESC CASANOVAS
MANEL LUCAS
TONI ALBÀ
SERGI MAS
AGNÈS BUSQUETS
GEMMA DEUSEDAS
XAVIER NOMS
DAVID OLIVARES
LULÚ PALOMARES
XAVIER RICART
XAVIER SERRANO
ROGER DE GRÀCIA
AGNÈS ROMEU
PAU MIRÓ

REALITZACIÓ D'EXTERIORS
JUDIT MATEU
ALEJO LEVIS
JOSEP RECASENS

AJUDANT DE REALITZACIÓ
PERE ROURA

COORDINACIÓ DE PRODUCCIÓ
PAULA MONRÀS
ANNA PUJOL

AJUDANTS DE PRODUCCIÓ
LLUÍS AGUILAR
GEMMA CEBRIÀ

AUXILIARS DE PRODUCCIÓ
NIKI NAVARRO
SÍLVIA SAIZ

RUNNER
IBON CAYON

MUNTATGE
ISAAC HERMO

AJUDANT DE MUNTATGE
XAVI MARTÍN

MUNTATGE MUSICAL
JOEY NIT

MÚSICA CAPÇALERA
ALBERT ALAY

DISSENY DE GRAFISME
CARLOS PRIETO

GRAFISME
XAVI ROJAS

DISSENY D'ESPAI
LA CENTRAL DE
PROJECTES

AMBIENTACIÓ
MARTA GÓMEZ

ATREZZO
LOREN MERCHÁN
ASIER MUSITU

DISSENY D'IL·LUMINACIÓ
JOSÉ LUIS TOLETE

REGIDOR
ÀLEX BALDOMÀ

ESTILISTA
ESTHER TORRES

AJUDANT D'ESTILISTA
LOLA RIPOLLÈS

ASSISTENT DE VESTUARI
TANIA GONZÁLEZ

MAQUILLATGE I PERRUQUERIA
HELENA FENOY
MARTA BASSOLS
MÍRIAM RUEDA
ELISABETH SÁNCHEZ

RESPONSABLES TÈCNICS
JORDI BANQUÉ
DANI EDO
MONTSE IRIBARREN
DAVID PUIG

OPERADOR VTR
BERNAT SUÑÉ

CONTROL DE CÀMERES
XAVIER DALMAU

MESCLADOR
EDGAR TOMÀS

TÈCNIC DE SO
EFREM CARBÓ

AJUDANT DE SO
MANU GARCÍA-ESCUDERO

OPERADORS DE CÀMERA
JORDI BOFILL
DENIS CALVARONS
EDUARD GALLEGO
FERRAN GIL
ÀLEX PIULATS
DAVID SERRA

OPERADOR DE CÀMERA EXTERIORS
AMADEO DI GIACOMO

ELÈCTRICS
ROSER DOMINGO
SANDRA VALENCIA

AUXILIAR TÈCNIC
LLUÍS FANDOS

ESTUDIANTS EN PRÀCTIQUES
IRIS ALMIRALL
JORDI CASAMAJOR
ANNA PEÑA

Equip artístic i tècnic de "Polònia", vistos per Tania González, assistent de vestuari.